Arizona Tom

W0278420

Norman Ginzberg

Arizona Tom

Roman

Éditions Héloïse d'Ormesson

© 2013, Éditions Héloïse d'Ormesson

www.editions-heloisedormesson.com

ISBN 978-2-35087-232-2

En application de la loi du 11 mars 1957, il est interdit de reproduire intégralement ou partiellement le présent ouvrage sans l'autorisation de l'éditeur ou du Centre français d'exploitation du droit de copie.

Au Dr Joseph Abgrall, au Pr Guy Laurent, aux médecins, infirmières et aides-soignantes du service Hématologie de l'Hôpital Purpan à Toulouse qui m'ont sauvé la vie.

1

JE M'APPELLE MILLER, OCEAN MILLER. Vous souriez ? Drôle de prénom, j'en conviens. Je le dois à ma naissance, il y a cinquante-cinq ans, au beau milieu de l'Atlantique, sur un paquebot qui ralliait New York depuis Hambourg. Mes parents auraient pu me prénommer Jacob, Abraham ou Samuel, suivant l'usage dans la famille depuis des générations, ça m'aurait évité qu'on confonde mon nom avec Sean ou Shawn, et de passer pour un bâtard d'Irlandais. À l'époque, ils étaient jugés indignes de la civilisation que l'Amérique bâtissait. Sales, bêtes et méchants, ils cherchaient toujours des noises et buvaient plus que de raison. Par-dessus tout, ils avaient le tort d'être papistes dans un pays aux yeux duquel les catholiques ne valaient guère mieux que les sauvages qui infestaient forêts et plaines. Il a fallu la boucherie de la guerre civile pour que soit saluée leur bravoure. J'en étais et je peux attester que les Paddies n'hésitaient pas à aller se faire éparpiller par la mitraille confédérée. Bagarreurs et soiffards certes, mais courageux, les bougres.

Pour être tout à fait franc, Miller n'est pas mon nom. Enfin, pas celui que je portais avant de toucher terre, sanglé dans mes langes humides et emmitouflé dans une grosse couverture pour me protéger des embruns. Le vrai, celui de mes parents et de leurs ancêtres, c'était Meier. Un nom juif d'Europe centrale banal à pleurer, qu'un battement de paupières suffit à prononcer. Mes aïeux avaient la bougeotte. Ils se déplaçaient d'un pays à l'autre au gré des famines, persécutions ou bonnes fortunes, en traînant quelques hardes, leur foi et ce nom comme unique viatique. Ouvrier fourreur, mon père peinait à faire vivre son épouse et ses cinq enfants. Les affaires étaient mauvaises et le patron, un dénommé Yankele Yampolsky, préférait étudier le Talmud que de faire des risettes aux belles Allemandes pour qu'elles consentent à pousser la porte de son échoppe. À la fin, mon père était payé une semaine sur deux, et il rechignait à puiser dans son pécule. Alors un soir, il a fait ses comptes : il avait juste de quoi offrir le voyage pour le Nouveau Monde à toute la famille. Le mien serait gratis, dans le ventre maternel. Hannah, ma mère, qui était la prévoyance faite femme, avait de son côté économisé quelques pièces d'or pour payer le loyer d'un taudis à New York, en attendant mieux. Alfred, mon vieux, a donc décidé que les Meier lèveraient l'ancre pour la grande Amérique et ses promesses de fortune. Personne n'a bronché, pas même ma sœur Rosa qui avait pourtant le béguin pour le fils du rabbin. Tous savaient que la vie là-bas ne pouvait être pire que dans les quartiers sordides de Hambourg.

À l'instar de beaucoup de Juifs immigrants, mes parents ont changé de patronyme comme on change de peau. En Amérique, les Blum sont devenus des Bloom, les Goldstein des Goldstone, les Neuman des Newman… et nous les Meier, on s'est fait appeler Miller. Pour mes parents, cela marquait un nouveau départ. Je les comprends. Le quotidien des familles juives n'était pas une partie de plaisir dans l'Allemagne des années trente. « Malédiction, misère et mépris », disait mon père quand il évoquait sa vie d'avant l'Amérique. À bien y réfléchir, il s'est sans doute délesté du fardeau séculaire de la malédiction. En revanche, pour ce qui est du mépris et de la misère, les abysses de l'Atlantique ne les ont pas engloutis. Mon père est mort lorsque j'étais encore tout gamin, sans avoir eu le bonheur de voir ses rejetons gravir les premières marches de l'escalier qui mène de la misère à la pauvreté. Ma mère, quant à elle, a été emportée par une pneumonie au cours de ma neuvième année, laissant à ma sœur Rachel le soin de faire de moi un petit homme à peu près civilisé. Pauvre Rachel. Elle est morte en couches à la naissance de son premier enfant, une jolie Sarah qui ne lui a pas survécu. Rachel me manque. Souvent, le soir je pars dans le désert la retrouver parmi les étoiles. Il n'y a pas mieux que ces nuits pures pour se confier à nos chers disparus.

J'ai donc porté le nom de Meier une semaine. Pour les goélands qui signalaient notre terre promise et les poissons qui suivaient le rafiot. Et j'ai récupéré celui de Miller sitôt les formalités d'immigration accomplies. Parfois, j'aimerais reprendre celui de mes ancêtres afin de renouer avec eux. Je serais un peu plus moi-même. Et être moi-même, pour tout vous dire, c'est la grande affaire de ma vie. Je m'y efforce depuis que je suis môme.

Je vous ferai grâce de ma jeunesse. Pas tant par pudeur, surtout parce que ma mémoire est défaillante. J'ai toutes les peines à rassembler mes souvenirs. Une pièce unique que nous partagions à huit, dans les effluves rances des peaux trop vite tannées que mon père découpait et cousait sur un établi près de la seule fenêtre. Une rue sombre, encombrée de charrettes à chevaux et à bras. Des pochards irlandais qui cuvaient leur gnôle au pied des immeubles, des marchands juifs qui allaient et venaient, des ballots sur le dos. Ma sœur Rachel qui m'enseignait les rudiments de l'orthographe avant de m'initier aux lectures des romans de Susanna Rowson et de Charles Brockden Brown, à raison de deux pages par jour. C'est à peu près tout ce que je me rappelle de mes années new-yorkaises. Et je ne vous en dirai pas beaucoup plus sur mon adolescence non loin de Colombus, Ohio. Des plaines mornes où se languissaient des arbres trop rares, ceux qui avaient échappé à la cognée des colons, et quelques fermes blanches. Et la draperie au toit en dents de scie où mes frères marnaient tandis que mes sœurs pelaient les pommes de terre et cousaient pour les douairières des environs. Voilà, c'est à peu près tout.

Mais avant de vous conter l'aventure extraordinaire qui m'incite à noircir ces lignes, laissez-moi vous livrer quelques détails sur moi. Je suis plutôt grand, maigre et, paraît-il, bel homme. Plus jeune, je ressemblais à Thomas Jefferson, le troisième président des États-Unis d'Amérique. C'est du moins ce que prétendait un vieil hurluberlu qui disait l'avoir connu. Les années sont passées, le soleil, le froid et les peines ont creusé dans mon visage des sillons profonds, pareils à ceux de la charrue sur les arpents à l'automne.

Je n'ai plus que quelques années à vivre. Peut-être la mort me surprendra-t-elle au cours d'une chevauchée ou s'insinuera-t-elle lentement dans mes viscères et mes os. À moins qu'un de ces bandits qui rôdent dans le désert ne me l'assène d'un coup de couteau ou d'une balle de colt. À tout prendre, je préférerais une mort violente, pour peu qu'elle soit subite. J'ai vu trop de malheureux agoniser dans d'atroces souffrances, sur les champs de bataille de la guerre civile. Jamais je n'accepterai d'endurer ce monologue cruel avec la grande faucheuse. J'apprécierais cependant qu'elle m'accorde un sursis, le temps pour moi d'achever ce récit.

Pour l'heure, je vis, où plutôt je survis, au milieu de nulle part, en lisière du désert de Mojave, dans ce territoire d'Arizona qui sera peut-être un jour rattaché aux États-Unis d'Amérique. Je suis établi à Brewsterville, unique bourg du comté de Cannon. Un chapelet de bicoques en bois bâties à la hâte vingt ans plus tôt par des colons. On leur avait promis que la ligne de chemin de fer qui devait rallier Kansas City à la Californie du Sud desservirait ce trou. Mais les gros bonnets de la compagnie Southwestern Pacific se sont ravisés. Pas assez rentable. Les colons sont repartis, certains à l'ouest, d'autres à l'est. Seuls sont restés ceux qui ne savaient où aller : le forgeron, le tavernier, l'épicier et une centaine de familles qui vivotent dans le bourg et aux alentours. Les hommes prêtent main-forte aux prospecteurs et aux mineurs des environs, les femmes élèvent leur marmaille braillarde.

À Brewsterville, les distractions sont rares. Un crêpage de chignon entre les deux vieilles prostituées qui occupent les chambrettes au-dessus de la taverne, la traversée du village par un troupeau de Longhorn efflanquées et les véhémences du vent d'été suffisent à meubler mes journées et celles de mes compagnons d'infortune. Ce n'est pas moi qui m'en plaindrais. Moins il s'en passe, mieux je me porte. Je suis le shérif de ce bled. Un shérif placide et discret, ni bégueule ni fiérot. Pas un de ces paltoquets qui bombent le torse devant les voleurs de poules, une main sur l'étoile, l'autre sur la crosse de leur colt. Je suis shérif comme d'autres sont putains ou croquemorts, parce qu'il en faut. Ce n'est pas par plaisir que Nativity Holmes et Beverley Carpentier ouvrent leurs cuisses aux clients et que cette vieille bique d'Abner

Drinkwater enterre une douzaine de macchabées chaque année. Pas par plaisir non plus que j'arpente matin et soir la rue principale du village. Et n'allez pas vous imaginer que j'apprécie, tous les deux jours, de chevaucher ma carne cagneuse pour inspecter le désert du comté à la recherche de quelques vauriens. Il faut un shérif, et c'est moi qui m'y colle. Le monde tient debout parce qu'il y a des putes qui évitent aux vachers priapiques de devenir mabouls, des croquemorts pour empêcher que les humeurs des cadavres ne nous empoisonnent l'air et des shérifs pour retenir ce petit monde tout de guingois de passer cul par-dessus tête.

Je vais vous surprendre mais pour rien au monde je n'échangerais mon bureau vermoulu et mon siège défoncé contre un plateau d'acajou et un Chesterfield de cuir dans un quartier huppé de Boston. Remarquez, personne n'aurait l'idée de me le proposer. Il faut être un drôle de paroissien, comme moi, pour s'accommoder d'une vie sans relief, dans un paysage que le bon Dieu, dans sa pingrerie, n'a pas daigné parer de majesté. J'ai traversé des déserts drapés de vermillon, de pourpre et d'or, j'ai couvé des ciels bleus aussi doux qu'une première caresse, j'ai connu des vallées gardées par mille chênes, plus secrètes qu'un ventre de vierge, j'ai gravi des collines aussi dodues que les fesses d'une matrone et couru des plaines aux longs cheveux vermeils qui ondoyaient sous la caresse du vent. Tout ça pour me naufrager dans ce trou du cul de l'Amérique. Une vaste étendue où le vert pâle, le gris triste et l'ocre sale rivalisent d'inconsistance, prévenant le chaland qu'il ferait mieux de passer son chemin. Même les couchers de soleil y sont indignes de l'Ouest américain. Les poussières qui s'en vont rejoindre le ciel quand la chaleur décline dégueulassent l'horizon. Comme un seau d'eau jeté sur une gouache, elles délavent les oranges, les carmins et les roses. Si le Créateur manifeste une telle indifférence, c'est qu'il ne doit pas tenir le comté de Cannon en haute estime. Mon aide, le vieux Abner Drinkwater, qui partage ma désespérance, avance une autre explication. Selon lui, le Tout-Puissant est confus d'avoir raté cet endroit et préfère se faire oublier. Alors, lorsque le jour décline, il se carapate et nous laisse ses couchers de soleil honteux. Drinkwater, qui en a déduit que le bon Dieu avait relâché son étreinte sur les damnés de Brewsterville, ne se gêne plus pour prendre du bon temps. Il lève volontiers le coude et pratique le péché de chair une fois par semaine, le lundi de préférence, entre les bras de l'épaisse Nativity Holmes. Je ne lui jetterai pas la pierre. Il ne se passe pas trois jours, je confesse, sans que je rende une visite nocturne à Emily Hanson, la veuve d'un prospecteur dont j'ai fait pendre les assassins en 1874. À l'époque, Brewsterville était en plein essor, la ville croyait dur comme fer à son avenir. Il s'y ouvrait un commerce par semaine. Tout le monde attendait la gare. La Southwestern Pacific n'avait pas encore fait savoir qu'elle renoncerait à desservir notre patelin.

Abner Drinkwater est un brave type. Fidèle et loyal, mais pas très causant. Ça me va bien, je suis moi aussi du genre taiseux. Et j'ai toujours pensé que l'amitié se nourrit moins de mots échangés que de moments partagés. Le soir, quand on descend une bouteille de whiskey sous l'auvent de mon bureau, on peut rester des heures sans parler. Mais on est mieux ensemble que seul, chacun dans sa baraque. Comme si, dans une langue aussi inconnue qu'imperceptible, nos esprits échangeaient nos fatras de souvenirs aigres et d'espoirs perdus. Abner ne sait ni lire ni écrire, mais il n'a pas son pareil pour annoncer l'orage ou surprendre une antilope assoupie dans un buisson de genévriers. Sa vie, celle qu'il a laissée à l'Est, ressemble à ses mains : tordue de remords et crevassée d'épreuves. Il est né dans une ferme du Kentucky où il était battu comme plâtre par un père ivrogne. Dès qu'il a pu, il a décampé. Il a fait tous les métiers, débardeur à Saint-Louis, mineur à Galena, charpentier à Des Moines, trafiquant d'armes avec les Sioux à Yankton dans le Dakota, chasseur de bisons dans le Nebraska. Pendant toutes ces années, il a été mêlé à un certain nombre de bagarres. Coups de poing, coups de couteau, coups de fusil. Au cours d'une rixe avec une bande de voleurs qui en avaient après sa cargaison de fusils, il a perdu ses dents du haut. Alors, quand derrière son épaisse moustache, il ouvre la bouche pour parler, on dirait un vieux bouledogue. Les cicatrices de son visage racontent les mauvaises rencontres accumulées au cours de décennies de bourlingue. Un nez cassé par une crosse de fusil, une oreille coupée par une balle, deux estafilades sur la joue laissées par un poignard. Et je ne m'attarde pas sur les rides qui strient le front et plissent le cou de ce nabot maigrichon.

Quand il a eu amassé sa pelote, Abner Drinkwater a acheté une barge à vapeur qui faisait les navettes sur le Missouri. Il s'est marié avec une belle sang-mêlé, moitié acadienne, moitié chippewa. Elle lui a donné quatre enfants en quatre ans. Il s'apprêtait à acheter un gros bateau quand sa raison a mis les voiles. Un soir, au poker, il a perdu son vapeur. Le lendemain, en tentant de se refaire, il a perdu la maison qu'il venait de faire bâtir à Sioux City et les soixante acres de terres autour. Sa femme l'a jeté aussi sec. Et sans le vouloir, il a tué son aîné, âgé d'à peine quatorze ans, qui le menaçait avec un fusil tout en l'agonissant d'injures. Abner a tenté de lui arracher l'arme des mains. Le gamin est tombé contre une pierre et s'est brisé la nuque. Mort sur le coup. Il n'en parle jamais. Même quand il est ivre, pas un mot sur sa vie d'avant et les malheurs qui l'ont jalonnée. Depuis ce drame, l'homme, longtemps si courageux, est devenu pleutre. Je ne peux pas compter sur lui pour faire le coup de feu à mes côtés quand ça tourne vinaigre.

Ma ligne de vie n'a guère été plus droite que celle de mon pote Abner. Pas de quoi se pâmer pendant des pages et des pages, mais suffisamment tortueuse pour m'ôter l'envie de poursuivre ma route au-delà du désert de Mojave.

Je vais faire court. J'ai à peu près raté tout ce que j'ai voulu entreprendre. Et toujours à cause des femmes. Comme je savais lire, écrire et compter, j'ai tout de suite été embauché à la succursale de la Trust Bank of America à Bloomington, Indiana. Un bon job, pas mal payé. Pour mon plus grand malheur, je me suis amouraché d'une dinde aux cheveux roux à qui j'offrais bijoux et toilettes dans l'espoir qu'elle envoie paître les bellâtres qui lui faisaient la cour. Comme il lui en fallait toujours plus, j'ai tapé dans la caisse pour assouvir ses caprices. Ça a fini par se voir. Viré sur-le-champ. Ensuite, je me suis associé à un Juif hollandais, Jacob de Winter, pour vendre des tissus et voilages aux fermiers prospères de la prairie de l'Illinois. Ça marchait du feu de Dieu. Avec les commissions sur les ventes, j'arrivais à amasser vingt dollars par semaine. Jake, comme on l'appelait, faisait les tournées des fermes pendant que je servais à la boutique. Et je n'ai pas pu m'empêcher de lutiner sa bourgeoise. Faut dire qu'elle ne demandait que ça, vu que son mari était plus habile à vanter la crêpe et la cretonne qu'à faire des galipettes la nuit venue. Quand sa négresse de servante a vendu la mèche, il m'a chassé à coups de cravache.

Et puis la guerre est arrivée. Je me suis engagé dans l'artillerie. J'étais dans l'armée du général Joshua Chamberlain, un grand bonhomme, blessé six fois, et qu'on a même donné pour mort à la bataille de Petersburg[1]. Je glanais médailles et galons. Jusqu'au jour où je me suis offert une courte pause chez une fermière de Géorgie dont le mari était à la guerre. On m'a jugé pour désertion. Si le général Chamberlain ne m'avait pas eu à la bonne, j'aurais été pendu haut et court. Tout ça pour une petite escapade, un rayon de soleil dans l'océan noir des horreurs endurées pendant quatre années de combat. Cette saloperie m'a laissé deux souvenirs : la cicatrice d'un éclat d'obus dans le dos à la bataille de Bull Run et celle d'une balle qui m'a traversé le bras à Fredericksburg.

À la fin du conflit, j'ai été recruté comme adjoint d'un marshal dans le Kansas. Un dur à cuire du nom de Jared J. Fellows. Quatre années à pister les voleurs de bétail et à mettre à l'ombre des détrousseurs de colons. Sans compter les ivrognes à la gâchette facile que j'ai expédiés en enfer. Il a fallu qu'à nouveau une femme se mette sur mon chemin. Une jolie brune aux yeux verts qui n'avait pas hésité à estourbir son vieux mari pour refaire sa vie avec moi. J'en étais raide dingue, alors je l'ai aidée à enterrer le cadavre. Mais un fermier nous a dénoncés. Le marshal Fellows a passé l'éponge en échange de mon départ du Kansas. Et c'est grâce à une recommandation du général Chamberlain, devenu gouverneur de l'État du Maine, que le territoire

1. Le siège de Petersburg (Virginie), qui se déroula de juin 1864 à mars 1865, fut l'une des batailles les plus meurtrières de la guerre de Sécession. Remportée par l'armée nordiste du général Ulysses S. Grant, elle occasionna 85 000 pertes dans l'U.S. Army et les confédérés.

d'Arizona m'a nommé shérif dans ce trou perdu, il y a maintenant dix-huit ans, en 1869.

Lorsque je me retourne sur ma vie, rien n'accroche ma mémoire au point de me donner l'envie de m'y attarder. Des femmes, certaines belles, d'autres moins, quelques espoirs d'une existence heureuse si vite déçus, des amitiés trahies et, au bout de la route, ni épouse ni enfants, en tout cas pas que je sache, ni même un toit à moi. Rien, je n'ai rien construit. J'avance comme un rameau d'épineux virevoltant, balloté par les caprices du vent à travers le désert.

N'allez pas penser que je suis malheureux. Je dors au sec et mange à ma faim, ce qui n'est pas donné à tout le monde. J'ai un bon job, ni trop fatigant ni trop dangereux. Si on veut durer sur cette terre, mieux vaut porter l'étoile ici, en plein désert, que dans la baie de San Francisco ou dans les vallées du Colorado infestées de malfaisants, prompts à dégommer ceux qui se mettent en travers de leur route. La dernière fois qu'on m'a tiré dessus, avant la terrible histoire que je vais vous raconter, c'était il y a cinq ans. Un prospecteur était venu arroser sa première pépite et le mauvais whiskey servi à la taverne lui avait donné l'envie de se faire le shérif. Il visait si mal que la balle est passée deux pieds au-dessus de mon chapeau. En revanche, moi, je ne l'ai pas raté. Une balle en plein cœur. J'ai récupéré la pépite pas plus grosse qu'une mouche bleue. Je l'ai offerte à la douce Emily Hanson. Elle l'a échangée chez Jake Warner contre des sacs de fayots et de farine, un chapeau de paille orné d'un galon noir, comme il sied à une veuve, et du tissu bleu indigo pour se faire une robe d'hiver. Avec Abner, on a enterré le type près d'un arbre de Josué. En regardant ses branches noueuses tendues vers le ciel, on s'est dit qu'il demandait pardon à Dieu pour les frasques commises par l'homme étendu à ses pieds. Où que son âme se trouve aujourd'hui, que cet imbécile repose en paix.

Les gens du coin ne sont pas des aigles, mais je leur pardonne leur rustrerie, car ils sont braves et plutôt aimables. Je me sens à mon aise avec la plupart d'entre eux, comme je le suis avec les arbres et les rochers du désert, qui n'ont pas moins de valeur à mes yeux. Dans leur regard, je lis le respect que manifesteraient des naufragés envers le capitaine d'un radeau. Le radeau de Brewsterville, en lisière du désert-océan de Mojave. Ils ont le sentiment que je les protège, Dieu sait de quoi. « Des voleurs et des assassins, peut-être, mais surtout de l'oubli », avait grincé le vieil Abner Drinkwater, un jour où je lui demandais ce que les ouailles de Brewsterville pensaient de leur shérif. « Un étoilé adroit de la gâchette, c'est courant », avait-il ajouté avant de cracher un jet noir de tabac, pile entre deux lattes disjointes du porche. « Mais instruit et courtois, un peu moins. Et pas bégueule, il n'en existe qu'un seul dans tout l'Ouest, et c'est pour leur pomme. Z'ont de la chance de t'avoir, Ocean Miller », avait-il conclu avant de me tendre son verre pour la quatrième fois. Je n'ai pas su s'il pensait ce qu'il disait ou si c'était l'envie de se beurrer gratis qui le rendait affable.

En ce bas monde, un homme n'existe souvent que par ses possessions : sa propriété, sa fortune, sa femme et ses enfants. Autant dire que je n'existe pas ! Pas de maison, moins de deux mille dollars à la banque de Prescott, aucune descendance et, pour toute femme, une veuve que les tourments ont fripée. C'est que, côté déveine, elle fait la paire avec Abner Drinkwater, Emily Hanson.

Vous aimeriez sans doute en savoir davantage sur elle, histoire de compléter les présentations. Tout avait pourtant bien commencé pour Emily : née dans une plantation de coton du Mississippi, elle avait des parents aimants, une ribambelle d'esclaves aux petits soins et un précepteur. À sa majorité, elle épouse le garçon dont elle était amoureuse depuis l'enfance, un beau brun à la fière moustache dont le daguerréotype trône toujours sur sa coiffeuse. La guerre déboule. Son mari est tué lors de son tout premier engagement. Son père et son frère à leur tour, quelques mois plus tard. Arrivent les colonnes du général Sherman qui brûlent la propriété. Sa mère et ses deux sœurs se donnent la mort après avoir été violées. Emily se cache chez des sauvages dans un bayou puis s'enfuit à Saint-Louis. Là, elle épouse un vieux banquier qui meurt d'épectase durant leur nuit de noces. Les enfants du défunt la chassent afin qu'elle ne touche pas sa part d'héritage. Nouvelle fuite. Elle est embauchée comme gouvernante chez un riche marchand de chevaux de Little Rock, dans l'Arkansas. Mais la famille disparaît dans l'incendie de leur maison. Comme elle est la seule survivante, on l'accuse d'y avoir mis le feu. Elle m'a juré qu'elle n'y était pour rien. Le marshal l'a fait libérer contre quelques faveurs que j'aurai la décence de ne pas détailler. Alors qu'elle rejoint la Californie, sa diligence est attaquée par des Comanches. Les sauvages la battent et la violent avant de la vendre à un trafiquant irlandais du nom de Martin O'Keefe. Le gars la cède contre le titre de propriété d'une mine abandonnée en territoire d'Arizona. C'est un prospecteur qui la récupère. Un brave type un peu balourd qui avait le whiskey violent. Ils s'installent à Brewsterville. Elle devient Mme Henry Hanson. Elle s'ennuie à mourir mais, à tout prendre, elle est mieux ici que dans une geôle de l'Arkansas, violentée par des sauvages ou jouée au poker.

Les années passent. Deux enfants naissent, qui meurent tous les deux. Le premier d'une fièvre typhoïde, le second après avoir été mordu à la joue par un crotale qu'il pensait pouvoir abattre avec un fusil en bois. Henry la tient pour responsable, il la passe à tabac. Elle songe à partir, mais pour aller où ? Elle se livre à moi. Je lui déconseille de reprendre la route. Le monde n'est pas fait pour les femmes seules, hormis les putains. Elle reste. Son mari enterre son chagrin en creusant dans sa mine du matin au soir. Il finit par trouver un peu d'or, au pied d'une colline pelée à douze milles de Brewsterville, alors il se radoucit. Il envisage de construire une belle maison à l'écart du village. Emily commence même à l'aimer un peu, Henry. Elle lui apprend à lire et à écrire, et aussi le solfège sur un piano droit récupéré lors du départ de la famille McArthur, propriétaire d'un éphémère saloon à Brewsterville. Un soir d'automne, alors que Henry Hanson rentrait de la mine avec cinq onces d'or dans ses fontes, quatre salopards lui font la peau. Je les ai confondus rapidement. J'en ai abattu un et j'ai pendu les trois autres après un procès expéditif. Pauvre Emily. Contre quelques centaines de dollars, elle a revendu la mine et le matériel à un Danois, Olaf Rasmussen. Depuis la mort de son mari, elle vivote grâce à ses actions placées à la Southwestern Pacific, un potager, une vingtaine de poules et un couple de cochons. Ses yeux tristes semblent attendre le prochain malheur qui la frappera puisque même ici, au milieu de nulle part, le mauvais sort semble toujours l'avoir à l'œil.

Abner Drinkwater, Emily Hanson… Deux sacrés poissards, pas du genre à vous égayer le morne quotidien de Brewsterville. Que voulez-vous, on ne se refait pas ! J'ai toujours éprouvé plus de sympathie pour ceux qui ont dégusté dans la vie que pour ceux qui la dégustent. J'ai bien essayé de faire ami-ami avec des vernis mais c'est plus fort que moi, je finis toujours par les trouver lisses comme des galets. Prenez Horst Wendling, le forgeron. Lui, c'est tout le contraire d'Abner. Grand, costaud, joufflu. Toujours un sourire, un coup à boire et une bonne vanne en prime pour les copains qui passent. Horsti, comme le surnomme sa femme, la plantureuse et souriante Inge, est un solide Allemand nourri à la viande rouge et au maïs dans le Missouri de sa jeunesse. Il a fait quatre années de guerre sans être blessé ni malade. Il était à l'arrière, à réparer les roues de canons tractés et à forger des fers à cheval pendant que ses potes se faisaient massacrer. À la mort de ses parents, il a revendu la ferme familiale le double de son prix et a épousé sa cousine avec laquelle il fricotait depuis longtemps. Ils sont partis vers l'ouest et ont ouvert leur échoppe à Brewsterville. Quand la ville s'est vidée, ils auraient dû tout perdre, mais le bon Dieu veillait sur Wendling comme le mauvais œil sur Emily. On vient de partout et de nulle part pour lui commander chariots et outils. Alors Horst est heureux, sa femme aussi, et je ne vous parle même pas de leurs six beaux enfants qui rendraient leur sourire à une brochette de macchabées.

Wendling incarne l'Amérique que j'aime autant que je la déteste : l'enthousiasme et la cupidité, l'ardeur à la tâche et cette furieuse envie de posséder toujours plus, le sens de l'hospitalité et le dédain pour les plus faibles.

Mais revenons à Emily. Nous vivons une drôle d'histoire, tous les deux. Nous éprouvons moins que de l'amour mais plus que de l'amitié. Enfin je parle pour moi, parce qu'en quatre ans de liaison, pas une seule fois nous n'avons abordé le sujet. Jamais je n'ai osé lui demander ce qu'elle ressentait à mon égard. De peur de la gêner ou, pire, de l'obliger à me mentir. Sans compter que j'aurais été bien embarrassé si elle m'avait retourné la question.

C'est un solide mortier fait de tendresse et de solitude partagées qui nous scelle l'un à l'autre et nous fait oublier l'insondable vacuité de Brewsterville. Emily et moi sommes des partenaires sincères, loyaux et unis par une communauté d'intérêts. La Miller & Hanson Company est une petite affaire qui tourne bien, en somme. On se rend volontiers de menus services. Je lui scie son bois, lui ramone sa cheminée, lui bèche et lui fume son potager. En échange, elle reprise et lave mes vêtements, et lessive mon antre. Sans compter que, quand je lui rapporte un lièvre de mes maraudes dans le désert, elle me remercie en me donnant deux livres de ventrêche ou la moitié d'un poulet.

Trois fois par semaine, je lui rends visite. Toujours à la nuit tombée, pour ne pas donner du grain à moudre aux mégères vénéneuses de Brewsterville. J'entre chez elle après avoir frappé deux brefs coups à la porte. Elle m'accueille avec son sourire triste. Je file dans sa piaule, m'assieds au bord du lit et attends dans le noir qu'elle me rejoigne. Emily ne se donne jamais à voir nue. Elle s'assied à mes côtés et m'effleure la nuque, c'est le signal pour que je me déshabille. Je pose mes frusques sur un fauteuil près de sa coiffeuse, me glisse entre les draps. Je relève son déshabillé et nous nous unissons doucement. Si je ne suis pas au paradis, je n'en suis pas loin. Elle aussi, sans doute, mais pas un soupir ni un frisson ne trahissent ses émotions, si elle en éprouve, tout au long de nos étreintes. Puis vient l'instant fugace où elle étouffe un gémissement en plaquant sa main sur sa bouche. Je sais qu'il est temps pour moi d'en finir, et j'enfouis mes cris de fauve blessé au cœur du traversin en plumes d'oie. Aussitôt après, elle s'échappe du lit pour faire un brin de toilette, se rhabille et m'attend à la cuisine avec du café réchauffé, du thé froid ou un godet de whiskey. Je n'ai jamais osé lui demander si elle choisit la boisson en fonction du plaisir qu'elle a ressenti.

Nous restons longtemps assis en tête à tête à sa table sous le halo jaune de la lampe à pétrole. Pas un mot, pas un geste. Nos yeux partagent cette lueur étrange de fatigue et de fièvre qui n'appartient qu'à ceux dont les corps viennent de s'unir. Puis je la salue d'un baiser dans le cou, je remets mon chapeau et rentre dans mon gourbi au bout de l'avenue sans nom.

N'allez pas croire que ce que nous vivons, Emily Hanson et moi, soit fade ou triste. Certes, ce n'est pas une romance enfiévrée comme celles qui nous ont tourneboulés dans nos jeunes années. Pas plus que je me réveille en sursaut en criant son nom, elle ne tambourine à ma porte en pleine nuit pour me supplier de la serrer dans mes bras. Nous savons nous tenir. Un peu comme deux grands chênes stoïques que les colères du ciel n'ont pas réussi à déraciner. Nous nous réfugions dans la tiède cavité de la tendresse comme des voyageurs serrés l'un contre l'autre au fond d'une grotte pour échapper au blizzard.

2

Le corps sans tête

J'ai d'abord cru à une hallucination. La veille, je m'étais descendu une pleine bouteille de bourbon. De l'authentique Kentucky aux notes de miel sauvage et de tabac blond. Il m'avait été offert par Bennett Daly, un éleveur qui possède quelques centaines de têtes de bétail en lisière de désert et voulait me remercier d'avoir arrêté les deux Indiens mojaves qui lui avaient piqué quatre bêtes. Le whiskey, c'est comme les femmes. Un moment de plaisir contre des souffrances et des remords prolongés. J'avais la tête en vrac. Entre la nausée tenace, la bouche pâteuse, et le crâne pareil à une baudruche malmenée par douze pieds de gosses, j'étais servi.

En dix ans d'office à Brewsterville, j'en avais vu, des choses incroyables dans le désert. Des cadavres de trafiquants mexicains que leurs concurrents avaient ornés d'une cravate pourpre en leur sortant la langue par une incision à la base du cou. Deux prospecteurs enterrés vivants jusqu'aux oreilles. Ou encore une femme vêtue d'une robe longue, en amazone sur une pouliche blonde qui galopait dans la brume hivernale. Et même une famille entière avançant à la queue leu leu un jour d'orage, après s'être fait dérober son chariot par des Apaches. Mais un gamin qui marche seul sous un cagnard d'enfer en tirant son paquetage au bout d'une corde, ça, jamais.

Je me suis mordu les joues, comme je le fais chaque fois que je veux reprendre mes esprits, et j'ai sorti ma longue-vue de son étui cousu à la selle de mon cheval. Un bel objet, gainé de cuir et long de trente-neuf pouces. Je l'avais récupéré sur le cadavre d'un officier confédéré à la bataille de Chancellorsville[1]. Elle a soi-disant été fabriquée au début du siècle à Paris par un dénommé Bardou qui équipait les généraux des armées de Napoléon Bonaparte. J'ai inspiré profondément et j'ai porté la lunette à mon œil gauche, celui qui voit le moins mal. Je ne rêvais pas. De l'autre côté de mon engin, un gosse. Douze, quatorze ans peut-être. Les cheveux blonds coupés court et la peau brûlée par le soleil. Tunique blanche ouverte jusqu'au nombril et pantalon assorti descendant à mi-mollet. Pieds nus. Lorsqu'il s'est approché d'une dizaine de mètres, j'ai espéré saisir une expression sur son visage. L'effroi, la détresse ou la fatigue. Mais rien. Rien du tout. Impassible, le gosse. Il avançait d'un pas régulier, en évitant les pierres qui jonchaient la piste et les rares buissons qui avaient eu la mauvaise idée de pousser par là. Il faut être bête comme une graine pour venir se poser dans la Paline Vacía – plaine vide –, nommée ainsi par des explorateurs espagnols un jour de grand désespoir. Il n'y pleut qu'au printemps, les nuits d'hiver y sont glaciales et la chaleur d'été, intenable.

De ma lunette, j'ai suivi la corde épaisse qui reliait le gosse à son paquetage. Je n'en ai pas cru mon œil. Ma tête devait me

1. La bataille de Chancellorsville (Virginie), qui s'est déroulée en avril et mai 1863, fut remportée par les forces sudistes du général Robert E. Lee en dépit d'une importante supériorité numérique de l'armée nordiste.

jouer des tours. Mon cœur défaillait aussi. Il tambourinait tant et tant dans ma poitrine, j'ai pensé que mon trépas était proche. Au bout de la corde, un cadavre sans tête! Un corps d'homme, ou plutôt un tronc : ses membres inférieurs s'arrêtaient aux cuisses, ses deux bras étaient sectionnés à hauteur des coudes. Il était habillé de blanc, comme le gosse. La corde formait un harnais passé sous ses épaules, prolongée par une pièce de cuir, sans doute taillée dans une selle, sur laquelle reposait le cul du cadavre. Et le gosse tirait le tout des deux mains, la corde calée sur sa clavicule. Diable, quelle vision!

De longs instants, j'ai contemplé la scène. Contemplé, c'est exagéré. J'ai plutôt essayé d'assimiler cette réalité que j'allais devoir affronter. J'ai bien failli tourner bride et filer au grand galop vers Brewsterville, à huit milles de là. J'aurais mis la tête dans une bassine d'eau fraîche, avalé une pinte de café froid et me serais plongé dans le recueil des poèmes de Ralph Waldo Emerson que je m'étais offert lors de mon dernier déplacement à Prescott. Mais je me suis rappelé que Princess, ma vieille carne, ne galopait plus. Et surtout que j'étais shérif. Certes, il n'y aurait eu aucun témoin de ma désertion, mais m'éclipser comme un coyote pour éviter les ennuis n'était pas digne de ma fonction. Quand on incarne la loi et l'ordre, en ce bas monde, on est payé pour faire face à toutes les situations, même les plus saugrenues. Et puis, à l'instar de tout étoilé qui se respecte, je suis curieux comme un chat. On ne se refait pas. Soudain, j'ai eu envie de découvrir l'histoire de ce gosse et surtout celle du cadavre qu'il tractait.

Le gamin s'est aperçu en même temps que moi que la tenue du mort était indécente. Il s'est arrêté, a tiré sur la veste du macchabée comme une mère qui apprête son enfant avant les obsèques d'un proche. Il a remonté ce qui restait du pantalon et a serré la ceinture d'un cran, ce qui lui a demandé un coûteux effort car le corps avait commencé à gonfler sous l'effet de la chaleur. Il a chassé une grappe de mouches qui s'étaient agglutinées à la base du cou et aux moignons, s'est épongé le front d'un revers de manche, recoiffé, a craché dans ses mains et repris sa route.

Depuis le promontoire d'où je l'observais, je lui ai fait de grands signes. En vain. J'ai crié « hé-ho ! », toujours rien. Courbé en avant, le blondinet continuait de suivre le lit vide du Río Perdido. La scène était irréelle. Imaginez les montagnes Matevylia au loin et, entre leurs pointes grises, le large canyon qu'a creusé le défunt cours d'eau. À perte de vue, une large étendue grisâtre tachetée du vert sale des buissons malingres, des arbres de Josué à la ramure tourmentée et de rares genévriers. Au beau milieu de tout ça, un petit homme tirant un cadavre. Haut dans un ciel sans couleur, quelques vautours lorgnaient le corps sans tête. Et peut-être même le gosse, s'il passait l'arme à gauche, ce qui ne semblait pas improbable : la chaleur et la fatigue le terrasseraient si je n'intervenais pas.

J'ai fini par aller à sa rencontre. Comme Princess n'avait pas l'air très décidé, je lui ai enfoncé mes éperons dans les flancs. Ma jument avait certainement de bonnes raisons de rechigner. Les animaux détectent les dangers mieux que les humains et d'habitude, je me fie à ses pressentiments. Souvent, elle m'a permis d'éviter des serpents à sonnette lorsque j'avais les yeux vers l'horizon. Un jour, alors qu'on cheminait tranquillement sur la piste à la recherche d'un vieux fou qui prétendait rallier San Francisco à pied, elle m'a obligé à rentrer dare dare à Brewsterville. Bien vu ! Dans l'heure qui a suivi, un orage de grêle s'est abattu sur le désert. On a retrouvé le corps de l'homme au pied des montagnes Matevylia, criblé d'impacts de grêlons. Dix fusils n'auraient pas fait mieux. Mais pour une fois, Princess devait s'en remettre à moi.

– Fais confiance à ce vieil Ocean Miller, je l'ai rassurée. Je vais à coup sûr au-devant d'une grosse embrouille mais, ici et maintenant, le gosse et son paquetage morbide ne peuvent pas nous faire de mal.

Princess a renâclé et remué les oreilles. Pas sûr que ç'ait été sa manière d'approuver ma décision.

J'ai pris un peu d'eau dans ma gourde et me suis gargarisé pour m'éclaircir la voix. Je me suis redressé, j'ai gonflé ma poitrine et renversé mon chapeau sur ma nuque. Prêt pour les civilités. J'étais maintenant à moins de vingt pas de l'étrange convoi. Le gosse m'a vu approcher. Comme un laboureur trop affairé à creuser son sillon pour se laisser distraire, il a levé une main vers moi en signe de salut. Pas un mot ni un sourire. J'avais connu plus avenant.

– Hé, toi, que fais-tu par ici ? je lui ai lancé sur un ton autoritaire. Et ce cadavre que tu traînes, c'est qui ?

Pas de réponse. J'étais bien avancé.

Puis le gosse m'a fixé. Sans s'arrêter de marcher. J'étais maintenant à moins de deux pas. Visage carré, front droit, yeux bleus, nez court, bouche fine et menton rond. Une jolie frimousse de petit homme absorbé par sa besogne. Un laboureur en pleine action, je vous dis, avec la sueur qui gouttait le long de ses tempes. Sauf que lui ne poussait pas la charrue derrière un cheval mais tirait un corps démembré. J'ai frissonné comme si une tempête de neige venait d'envelopper la vallée.

– Bon Dieu de bon Dieu, tu vas me répondre ? Qui es-tu et que fais-tu avec ce macchabée ?

Cette fois, il n'a même pas levé les yeux dans ma direction. J'avais vraiment le sentiment qu'il se payait ma tête. Alors je me suis fait plus menaçant.

– Je suis le shérif Miller de Brewsterville, à huit milles d'ici, je lui ai dit avec toute l'autorité de l'homme qui incarne la loi. Maintenant, tu t'arrêtes, tu lâches ta corde avec son putain de cadavre et tu réponds à mes questions !

À cet instant, j'ai béni le Tout-Puissant que les vautours ne sachent pas parler le langage des hommes. S'ils avaient raconté qu'un gamin osait tenir tête au vieil Ocean Miller, c'en était fini de ma réputation.

À nouveau, j'ai pensé le planter là. Mais je me suis vu en coyote piteux filant la queue entre les pattes dans la poussière du désert, et je me suis ressaisi. J'ai sauté de cheval et lui ai agrippé le bras. Princess a renâclé encore puis elle a henni. Décidément, elle n'était pas à son aise, elle non plus. Le gosse a froncé les sourcils comme pour me signifier sa désapprobation devant mon insistance. Ça m'a énervé. Je me suis retenu de le gifler.

– Tu vas me répondre, ou bien… je lui ai hurlé dans l'oreille.

Je l'ai secoué comme un prunier dans l'espoir qu'il se mette au moins à gémir, ce que j'aurais pu accepter comme première réponse. Mais aucun son n'est sorti de sa gorge. J'ai pensé que j'avais à faire à un coriace, peut-être même à l'assassin du bonhomme qu'il traînait. Je lui ai pincé la joue très fort. Sa peau entre mon pouce et mon index a formé un croissant blanc comme du lait sur ce visage aussi rouge que les braises de la forge d'Horst Wendling. Il a haussé les sourcils et a ouvert grand la bouche.

J'espérais une plainte, une supplique du genre : « S'il vous plaît, monsieur le shérif, ne me faites pas mal, je vais tout vous raconter. » J'ai dû me contenter de quelques borborygmes. Une sorte de râle étouffé comme en poussent les vieillards sur le point de défunter.

– Quel caillou tu fais ! je lui ai crié.

J'ai lâché mon emprise et me suis campé devant lui, les mains sur les hanches. Il s'est frotté la joue, a essuyé les larmes qui naissaient au coin de ses yeux, mais n'a pas prononcé un mot. Je lui ai pris les épaules et ai esquissé un sourire.

– Petit, tu as sans doute de gros ennuis. Le shérif Miller peut t'aider. Dis-moi ce qui t'est arrivé. Et qui est ce cadavre que tu trimballes avec toi ? D'où viens-tu et où vas-tu ?

Le gosse a écarté les bras en signe d'impuissance puis s'est agenouillé. Avec l'index, il a tracé les lettres T, O et M, dans la poussière. Je me suis accroupi, j'ai pointé les trois lettres :

– Tu t'appelles Tom, c'est ça ?

Il a hoché la tête, les yeux fermés. J'ai compris que le gamin était sourd ou muet, peut-être même les deux. À mon tour, j'ai tracé les mots « nom » et « âge », puis lui ai fait signe d'écrire les réponses. Il m'a regardé d'un air impuissant.

– Et en plus tu ne sais pas lire, j'ai maugréé.

Il y a des matins où on ferait mieux de ne pas se lever. Ce mercredi 8 juin 1883 était de ceux-là. J'étais en plein désert avec un gosse sourd, muet et analphabète, traînant un tronc qui commençait à faisander. Mon mal de tête s'est amplifié. Comme si ma cervelle, tourmentée par l'énigme, voulait s'évader de mon crâne. J'ai connu de meilleurs lendemains de cuite.

J'ai posé mon cul sur un rocher et j'ai bourré ma pipe avec le tabac de Virginie refilé par un prospecteur venu de l'Est que j'avais guidé jusqu'à sa concession. Tom a tendu la main vers moi. « Et en plus il fume, le bougre ! » j'ai pensé avant de réaliser qu'il en voulait à la gourde d'eau pendue à ma ceinture. Je la lui ai donnée et moi, j'ai tété quelques gouttes de whiskey tiède au goulot de ma flasque, en espérant qu'elles effaceraient ce goût amer que j'avais sur la langue. J'ai essayé de mettre mes idées au clair. Puisque le gosse ne parlait pas, je devais faire causer ses empreintes laissées sur la piste. Lorsque j'aurais déposé Tom et le mort à Brewsterville, je repartirais sur ses traces. Je finirais bien par comprendre d'où il arrivait. Peut-être même retrouverais-je le cheval ou le chariot sur lequel le type et Tom voyageaient. J'emmènerais le petit avec moi, je le ferais monter en croupe et lui expliquerais que nous devions retourner là où tout avait commencé.

Entre-temps, nous allions rentrer à Brewsterville. Pour le gamin, pas de problème, mais que faire du cadavre ? J'ai pensé le laisser là, ni vu ni connu. Mais j'ai levé les yeux. J'ai aperçu une dizaine de vautours au-dessus de nos têtes, et au loin un nuage noir de corbeaux à col blanc rappliquer depuis l'ouest. En deux heures, il ne resterait rien du corps et des indices que je pourrais y trouver. Il me fallait l'emporter. Seulement, pas question de le hisser sur Princess. Elle ne l'aurait d'ailleurs jamais accepté parce qu'il puait sévère, le malheureux. Ma jument et moi, on a ça en commun. La pestilence nous insupporte. De tout ce qu'il est donné à mon pauvre nez de respirer, l'odeur des charognes est celle que je supporte le moins. J'admire Abner Drinkwater à qui il arrive de casser la croûte tout en mettant en bière des défunts. Avec le corps en décomposition sur la croupe de Princess, je me serais arrêté plusieurs fois pour vomir et je n'avais pas envie d'imposer ça au gosse.

Alors j'ai bricolé un travois avec deux longues branches mortes de genévrier, les ai fixées comme j'ai pu aux fontes de la selle. C'est comme ça que les Indiens des plaines transportaient leurs biens d'un campement à l'autre, en fixant des scions à des chiens ou à des chevaux. J'ai fait signe à Tom d'y déposer le cadavre et lui ai tendu des lanières pour qu'il l'y attache. J'ai été obligé de taper du pied pour lui faire comprendre que les ordres du shérif Miller ne se discutaient pas. Il a fini par s'exécuter. Il a passé ses mains sous les aisselles du cadavre et a avancé pouce par pouce en s'arrêtant pour chasser les mouches. Je me suis trouvé un peu lâche. Laisser un gamin se dépatouiller avec un ballot de viande boucanée, ce n'était pas très élégant.

– C'est bien, mon garçon, je lui ai dit pour me donner bonne conscience.

J'ai eu tout le temps de détailler le cadavre. Ses habits d'abord. Malgré les larges taches de sang noirci et la poussière qui les recouvraient, j'ai pu remarquer qu'ils étaient taillés dans un coton de qualité. Un rancher, un avocat ou un rentier venu de l'Est. Le gars ne devait pas mesurer plus de cinq pieds et deux pouces, à moins qu'il n'ait eu un long cou et de très grandes jambes. Mince et maigre, il ne pesait pas plus de cent vingt livres de son vivant. En retranchant la tête, les jambes et les bras, j'ai estimé son poids à quatre-vingts livres. Une masse pour un gosse d'une douzaine d'années. Tom suait sang et eau, et soufflait comme un bœuf. Il a hissé le type sur le travois et a commencé à le sangler. Il avait toutes les peines du monde à faire des nœuds. À plusieurs reprises, il m'a fixé comme pour m'inviter à lui donner un coup de main. J'ai détourné le regard. Je me suis installé sur Princess et ai attendu qu'il termine. Comme il devait sentir le cadavre, j'ai préféré le prendre en croupe. Pour couvrir la pestilence, j'ai rallumé ma pipe sur laquelle j'ai tiré comme un condamné qui aspire ses dernières bouffées. Puis nous nous sommes mis en route.

Les vautours n'étaient pas décidés à lâcher l'affaire. Ils nous ont suivis tout au long de la piste qui mène à Brewsterville. Les corbeaux, eux, s'en sont allés humer la charogne sous d'autres cieux. Pendant les cinq longues heures de trajet, je n'ai pas arrêté de me demander ce que j'allais bien pouvoir faire du gamin s'il n'avait plus de parents ni de proches chez qui trouver refuge. Pauvre gosse, j'ai songé en sentant ses mains autour de mon ventre et sa tête posée contre mon dos. Pauvre petit Tom. Pauvre petit homme.

3

Tom et moi

Jamais autant de monde ne s'était pressé devant mon office. Artie Hackett, le maire à la patte folle, s'agitait comme un pantin désarticulé pour contenir ses ouailles hors de mon bureau. La famille Wendling au grand complet, Homere Patterson le barbier, John Babonneau le tavernier, sa femme et son serveur, Jake Warner l'épicier, et tout ce que Brewsterville comptait comme marâtres allongeaient le cou comme des oies pour entrevoir celui que tout le monde appelait déjà Tom. Même les putains Nativity Holmes et Beverly Carpentier avaient fait le deuil de leur sieste réparatrice pour assister au spectacle. J'ai compté jusqu'à soixante-dix têtes chapeautées ou coiffées, soit un tiers de la population du patelin. Les assassins d'Henry Hanson et l'Indien qui avait poignardé deux vachers quatre ans plus tôt n'avaient pas eu droit à un tel public. Seules les pendaisons faisaient mieux en attirant les fermiers et les prospecteurs des environs.

Tom était assis à mon bureau. Sa tête émergeait à peine du plateau. Les épis d'or de sa chevelure étincelaient dans la lumière qui s'invitait par le fenestron du mur au fond de la pièce. Il jouait avec un vieux colt à la crosse ébréchée dont j'avais pris soin de vider le barillet. Même quand il mettait en joue la silhouette du maire ou d'Abner qui lui tournaient le dos, son visage ne trahissait aucun sentiment. Mon regard allait et venait entre la cohue au-dehors et la tête de mon protégé. À la première, il disait : « Mesdames, messieurs, le shérif Miller vous demande de faire preuve de retenue à l'égard de ce pauvre petit » ; au second, il disait : « Ne t'inquiète pas, petit Tom, ils vont décamper comme des passereaux et nous pourrons faire plus ample connaissance, rien que toi et moi. »

Mais à mesure que les ombres s'allongeaient sous le soleil déclinant, je ne pouvais que constater ma méprise. La masse humaine n'avait pas l'intention de déguerpir. Épaule contre épaule sous l'auvent, serrés devant la porte, agrippés aux barreaux des fenêtres, ils attendaient leur pitance comme des crève-la-faim. Ce qu'ils voulaient, c'était le toucher, comme les rois mages avaient dû le faire avec l'enfant Jésus. J'ai pensé le prendre dans mes bras, le hisser au-dessus de ma tête et m'avancer vers la foule en hurlant : « Mes amis, le voici, notre petit ange ! » afin que toutes et tous puissent au moins l'effleurer, et puis je me suis ravisé. Tom n'était pas un être divin. C'était au mieux un inconnu, au pire un assassin. En plus, il sentait le cadavre à plein nez.

Ce cirque a bien duré une heure. C'est Hackett qui m'a tiré d'affaire. De sa voix de chantre presbytérien, il a enjoint ses administrés de regagner leurs foyers. Il leur a promis qu'une fois le gosse retapé après un solide repas et une bonne nuit, ils pourraient le voir, lui parler et même le toucher. Certains ont opiné, d'autres ont maugréé, mais tous ont mis les bouts. J'ai refermé la porte. Artie Hackett, Abner Drinkwater, Emily Hanson et moi sommes restés seuls avec Tom. J'ai posé devant lui une assiette de fayots tièdes et un verre de limonade offerts par Rachel Warner, la fille de l'épicier, et nous nous sommes assis tous les quatre sur le banc devant mon bureau. Le gosse n'a pas bronché. Quand il a eu fini son assiette, il nous a visés un à un avec le colt en tapant du poing sur le bureau pour simuler les détonations. Je n'ai pas aimé. Emily non plus. J'ai senti son épaule frémir contre la mienne. Abner a craché le jus noir de sa chique pile entre deux lattes du plancher et Artie Hackett a éclaté d'un rire qui sonnait faux.

– Mon garçon, tu vas avouer à tonton Artie ce que tu n'as pas voulu dire au shérif Miller, a susurré Hackett d'une voix trempée dans le miel, les coudes sur les genoux et les poings sous le menton. À moi, tu dois tout raconter, je suis le grand chef par ici. Alors, d'où viens-tu et qui était ce malheureux que tu traînais dans le désert ?

Pour toute réponse, le maire a reçu une balle imaginaire entre les deux yeux. J'ai souri. Le destinataire du projectile a poussé un soupir. Abner a craché de nouveau. Cette fois, il a raté sa cible. Une tache de jus brun s'est étalée sur le plancher. Emily a frissonné, et moi, je ne savais pas quoi dire.

– Monsieur Hackett, puisque Ocean vous dit que Tom est sourd et muet ! s'est énervée Emily. Vous n'en tirerez rien. En tout cas, pas aujourd'hui. Laissons-le se remettre de ses émotions et nous le confierons au Dr Berwyn à son retour de Prescott.

– Jamais là quand on a besoin de lui, celui-là. Toujours fourré chez sa poule, a marmonné Abner en enfournant une nouvelle chique.

– Drinkwater, je vous interdis ! s'est insurgé Hackett. Faut-il que je vous énumère les citoyens de Brewsterville qui lui doivent d'être en vie aujourd'hui ? Le Dr Berwyn est une bonne âme et vous n'avez aucun droit de supputer les motifs de ses séjours à Prescott.

Normal qu'Artie Hackett vole au secours de son vieux complice. Il avait lui aussi une maîtresse à Prescott. D'après Abner, les deux vieux fricotaient avec deux sœurs qui avaient fait les belles heures des bordels de La Nouvelle-Orléans.

Abner est devenu tout rouge.

– Je voulais juste..., a-t-il commencé.

– Suffit ! j'ai lancé à Abner. On dégoisera sur doc Berwyn un autre jour. Ce qui nous occupe aujourd'hui, c'est le gosse.

– Tout juste, a fait Hackett d'une voix blanche en se levant. Il n'a pas réagi quand vous l'avez pincé, c'est bien ça ?

J'ai opiné du chef. Hackett s'est avancé vers Tom, a récupéré le colt avec lequel il venait de le tuer pour la quatrième ou cinquième fois, l'a levé très haut et l'a laissé retomber sèchement sur la main du petit, comme s'il avait voulu écraser une veuve noire du désert. J'avais l'impression d'avoir ressenti la douleur de Tom. Emily a poussé un cri. Abner a encore craché. Le gosse a ouvert grand la bouche, on a entendu comme un soupir. Ses yeux se sont embués.

– Il est muet, a lâché Hackett en s'épongeant le front. Muet comme un chicot.

– Et sourd, j'ai ajouté.

Hackett a gonflé ses joues, comme il le fait chaque fois qu'il met en doute mes propos.

– Un peu de bon sens, Miller, a-t-il dit d'un ton boursouflé par la condescendance. S'il était sourd, il n'aurait pas imité les détonations à coups de poing sur votre bureau.

Sur ces mots, le maire a contourné le fauteuil, s'est placé derrière Tom tout en nous faisant signe de l'occuper. Abner a fait tourner son chapeau crasseux sur son index. Emily a agité ses mains comme des marionnettes, le gosse les a flinguées toutes les deux. Hackett a allongé le bras et a frappé la grille du poêle avec la pointe de sa canne. Le gamin n'a pas réagi et a continué de tirer sur les marionnettes. Hackett a recommencé à taper. Il faisait un vacarme de tous les diables. Tom a fait feu au moins quatre fois sur Abner, dans sa tête et sa poitrine, sans se retourner vers la source du bruit. Hackett nous agaçait avec son tintamarre. Emily a plaqué ses mains sur ses oreilles. Le petit a fait pareil.

– Sourd, mon cul ! Il vous a possédé, Ocean ! a ricané Hackett. Il entend comme vous et moi, sinon il ne se protégerait pas les oreilles.

– Il m'a imité, voilà tout, a répliqué Emily.

– Ce gosse n'a pas la conscience tranquille, je vous le dis. Il feint d'être sourd pour ne pas avoir à répondre à nos questions. Shérif, enfermez-le ! a ordonné Hackett.

J'ai haussé les épaules, pris mon colt et, à mon tour, j'ai frappé la grille du poêle tout en faisant signe à Emily de garder les mains sur ses cuisses. J'ai frappé, frappé, comme un chenapan qui veut rendre marteau la maisonnée.

Tom a vidé son barillet sur Hackett tout en agitant sa main gauche endolorie. J'ai tapé et encore tapé. Le vieux levait les yeux au ciel, Abner fronçait les sourcils et Emily serrait les lèvres. Le gamin l'a imitée.

– Sourd, Hackett ! Sourd et muet, j'ai rétorqué à ce connard de maire en me plantant devant lui les jambes écartées et les mains sur les hanches, comme je le fais pour inciter les pochards à aller cuver leur gnôle ailleurs.

– Nous tirerons ça au clair demain. Entre-temps, shérif, en tant que maire, je vous ordonne de le coffrer pour la nuit, a annoncé Hackett d'une voix qui ne souffrait pas de discussion.

– Je pourrais l'héberger chez moi, il y serait mieux, a quand même tenté Emily.

– Dans la geôle, j'ai dit! Aux yeux de la loi, il reste suspect, a répondu Hackett.

Abner s'est levé et a jeté son chapeau par terre.

– Mais la loi, ici, c'est pas vous, Artie, la loi, c'est Oce…

– La loi, c'est le maire. C'est moi le patron ici, Miller n'est qu'un exécutant, a vociféré Hackett en envoyant valser le chapeau d'Abner à l'autre bout de la pièce de la pointe de sa canne. Aux yeux de la loi, je le répète, le gosse est sinon coupable, du moins suspect.

– Aux tiens, Artie, seulement à tes putains d'yeux de taupe, a opposé Abner. Parce que, pour nous autres, c'est une victime.

– Oui, mais mes yeux valent tous les vôtres. À commencer par ceux du shérif Miller dont le discernement est altéré par un abus d'alcool.

J'ai accusé le coup sans broncher. Mon penchant pour la gnôle n'était un secret pour personne à Brewsterville. Hackett ne manquait pas de me le rappeler chaque fois qu'il cherchait à m'humilier en public. C'était sa façon à lui de me pousser vers la sortie. À maintes reprises, il avait intrigué auprès de Texas King, le marshal de Prescott dont je dépendais, pour me faire virer. Il m'avait décrit auprès de lui comme un pochtron notoire. À l'en croire, je passais mon temps à cuver mon whiskey pendant que les marauds mettaient le désert à feu et à sang. Mon chef a tenu bon. Il lui a fait remarquer que la loi régnait par chez nous, que j'avais fait pendre mon lot de criminels et qu'il avait pu noter lors de ses visites que la population locale me tenait en haute estime. Mais ce chien d'Hackett n'était pas de ceux qui renoncent facilement. Il avait en tête d'obtenir du gouvernement d'Arizona que le shérif du comté soit, comme ailleurs aux États-Unis, élu par les citoyens. Il soutenait déjà la candidature d'Aaron Leyland, le fils d'un propriétaire de mines dans le désert que je suspectais, pour ma part, de posséder des tripots au Mexique. Un shérif souteneur, manquerait plus que ça…

– Pigé, Miller ?

L'aboiement du maire m'a tiré de mes pensées. J'ai hoché la tête sans le regarder.

Coffrer un gosse innocent, ce n'est pas glorieux, mais j'étais tellement harassé que je n'étais plus en état de lutter. J'aurais même décliné une invitation d'Emily à faire un tour entre ses draps. Alors j'ai pris la main de Tom et l'ai conduit dans la cellule. Je lui ai donné une couverture, un pot de chambre, un morceau de pain au cas où il aurait un creux dans la nuit, un cruchon d'eau et une tasse, et j'ai fermé la grille à double tour. Abner et Emily m'ont regardé faire avec un air de reproche. Je n'ai pas aimé. Sans un mot, je leur ai fait signe de dégager. Bien sûr, Abner a ponctué son départ par un nouveau jet de salive brune. C'est le petit tapis navajo grège posé devant la porte pour dissimuler un trou dans le plancher qui a dégusté. Quant à Emily, je me suis dit qu'il valait mieux éviter de lui rendre visite jusqu'à la fin de la semaine, histoire de ne pas subir ses remontrances. C'est qu'elle a la rancune tenace, j'allais certainement devoir m'accommoder d'une longue période d'abstinence. De toute manière, cette affaire m'absorberait tant que je n'aurais guère la tête à la bagatelle pendant un bon moment.

Pour faire honneur à ma réputation si délicatement évoquée par Artie Hackett, je me suis servi un grand verre de whiskey. J'ai installé ma chaise devant la geôle. Tom était assis sur sa couche, le visage entre les mains, les yeux rivés au sol. J'ai remué les pieds pour attirer son regard. Rien. J'ai tapé ma pipe contre les barreaux. Toujours rien. J'ai pris le tisonnier, l'ai passé à travers la grille et ai touché ses orteils crottés. Il a levé les yeux sur moi et a esquissé un sourire. Oui, un sourire! Le premier qu'il me décochait depuis notre rencontre! Mon cœur s'est emballé. À mon tour, j'ai souri.

Puis ça m'a pris d'un coup. J'ai commencé à lui raconter ma vie. Se confier à un sourd, voilà une drôle d'idée, pensez-vous. C'est vrai. Pourquoi je me suis livré ainsi? Parce que je savais qu'il ne comprenait pas un traître mot? Ou bien parce que, lui et moi, nous étions tous deux perdus, Tom dans son monde de silence et moi dans le silence du désert de Mojave? Toujours est-il que je ne lui ai rien épargné. Ma jeunesse à New York, mes premières années d'homme dans le Middle West, les bagarres, les filles, les femmes, la guerre et la vingtaine de bonshommes que j'ai refroidis ou fait exécuter depuis que je porte l'étoile. J'ai aussi partagé avec lui tous les sales coups que j'avais pu faire : mes frères et sœurs laissés sans nouvelles à l'Est, les deux Mexicains que j'ai fait pendre pour un meurtre qu'ils n'avaient pas commis, la liasse de huit cent soixante dollars piquée sur le cadavre d'un cavalier désarçonné par sa monture que je n'ai jamais rendue à sa veuve. Si l'ouïe lui était revenue et qu'il avait rapporté toutes ces vilenies à Hackett, c'en était fini de ma carrière de shérif…

Pour sûr, le gosse ne m'entendait pas. J'avais pourtant le sentiment qu'il m'écoutait. J'interprétais l'inflexion d'un sourcil, le maigre soupir qu'il poussait ou la grimace qui animait furtivement sa bouche comme des signes. Tout en lui parlant, je ne le quittais pas des yeux. Les siens allaient et venaient entre le sol, la toile d'araignée au plafond et le portrait au mur de François-Xavier Aubry, cet aventurier canadien, rendu célèbre dans toute l'Amérique pour avoir rallié à cheval Santa Fe à Independence en cinq jours et demi.

J'ai pris goût à notre petite affaire. Je me suis servi un plein verre de whiskey. C'est toujours comme ça avec moi. Je bois autant quand je suis excité que quand je suis abattu. Il m'a regardé faire en souriant et m'a tendu sa tasse.

– Vraiment ? j'ai demandé.

Un froncement de sourcils a suffi pour que je m'exécute. Il l'a avalé cul sec dans une grimace et a toussé comme un damné. Il s'est essuyé la bouche sur le dos de la main et m'a fait signe de remettre ça. Je lui en ai versé quelques gouttes qu'il a bues à nouveau d'un trait.

– Tu sais petit, ce trou du cul de l'Amérique ressemble à ma vie, je lui ai dit. Vide comme le désert. C'est pour ça que je me suis installé ici. Ni femme, ni enfant, ni fortune. Des ciels sales, des terres pauvres, des arbres minables et des rivières desséchées, mais j'y suis à peu près heureux. Et pour rien au monde je ne retournerais à l'Est. Même si, je te l'avoue, ses printemps me manquent : le bourdon des abeilles dans les prés en fleurs, les bourgeons qui éclosent sous les premières chaleurs et les verts éclatants qui inondent les forêts…

Je me suis arrêté. Le gosse n'avait pas la fibre poétique. Couché en chien de fusil, il dormait.

Il faisait sombre, je n'avais pas vu la nuit tomber. J'aurais pu aller me coucher chez moi mais j'ai préféré le veiller. J'ai allumé la lampe à pétrole au plafond et je me suis adossé à la cellule. La fatigue de la journée et la pinte de whiskey que je m'étais enfilée ont fait le reste. Je me suis endormi comme une souche. Je devais roupiller depuis une bonne heure quand j'ai senti une main sur mon épaule. Emily ? Abner ? Hackett ? J'ai gardé les yeux fermés le temps de préparer mes réponses. Je sentais maintenant des doigts appuyer le long de ma nuque. Je me suis retourné. Agenouillé, une main agrippée à un barreau, l'autre tendue vers moi, Tom me souriait. Je me suis rassis face à lui.

Je ne me sentais pas d'humeur à reprendre le récit de ma vie. D'ailleurs, je lui avais presque tout dit. Alors je me suis installé devant la geôle avec un crayon à papier et un formulaire vierge à en-tête. Je me suis mis à dessiner. On m'a toujours dit que j'avais un bon coup de crayon. J'ai fait un cheval, des tipis avec des braves et des squaws, un lynx et des scorpions. Je ne m'arrêtais plus. Dès que j'avais fini un dessin, je le lui tendais. Il le considérait d'abord avec la condescendance d'un père qui juge le travail de son rejeton, collait la feuille contre son nez pour étudier les détails puis l'éloignait en tendant son bras comme pour examiner l'ensemble. Et il me faisait toujours le même oui de la tête.

– Ça te plaît ? je lui ai demandé avec un filet de voix comme un gosse attendant les encouragements de son paternel.

Bien sûr, il ne m'a rien répondu, mais il m'a demandé mon crayon, a retourné la feuille et s'est mis à son tour à dessiner. Je suis allé chercher une liasse de papiers, un autre crayon, et j'ai repris mon ouvrage. La scène était cocasse : un vieux shérif assis par terre en train de gribouiller face à un gamin qui faisait de même depuis la geôle où il était enfermé. J'ai prié pour que cette carne d'Artie Hackett n'ait pas l'idée saugrenue de prendre des nouvelles du petit en pleine nuit. S'il avait déboulé, il m'aurait certainement coffré à double tour en jurant, non sans raison, que j'avais perdu la tête.

Allongé sur le ventre à même le sol, Tom dessinait avec application. Moi aussi, avec ce qu'il fallait de détachement pour lui faire comprendre que je maîtrisais mon art. Il n'y avait pas un bruit au-dehors. Juste quelques appels épars de coyotes au loin et les craquements des planches du porche qui rendaient la chaleur de la journée. On pouvait entendre les mines de nos crayons crisser sur le papier. J'ai pensé que nous étions deux musiciens jouant du même instrument. Nous ne suivions pas la même partition mais nos talents unis se croisaient et se fondaient en une mélodie à la fois douce et vive. J'étais bien. J'ai failli me resservir du whiskey mais je me suis contenté d'allumer ma pipe. Tom me l'a demandée. J'ai hésité. Il a de nouveau froncé les sourcils. Alors j'ai pris une pipe dans le tiroir, celle en forme de calebasse, l'ai bourrée de ce bon tabac de Virginie, l'ai allumée et la lui ai tendue. Il l'a coincée entre ses dents et a repris sa position tout en tirant de petites bouffées, comme s'il avait fait ça depuis sa naissance.

Enfin, il m'a passé sa première feuille. Il y avait dessiné le visage d'un vieux chef indien avec sa coiffe de plumes et son plastron d'os d'élan. Je n'en revenais pas. Un artiste confirmé n'aurait pas mieux fait. Le sauvage regardait loin devant lui. Ses joues étaient parcourues de sillons dont certains pouvaient être des blessures de guerre. Entre deux rides profondes, sa longue bouche sans lèvres exprimait l'amertume des nations indiennes.

– Ma-gni-fique ! j'ai crié.

J'espérais un sourire ou un clin d'œil mais, en guise de réponse, il m'a demandé une autre feuille de papier. J'ai obéi. Il s'est remis à l'ouvrage. J'ai fait semblant de dessiner en laissant danser mon crayon mais je ne quittais pas des yeux le visage du vieil Indien. Pourquoi avoir dessiné ce chef ? Voulait-il me faire comprendre quelque chose ? Le shérif Miller a repris le dessus. Je me suis imaginé que son infortuné compagnon avait été tué par des Indiens, pour vite me raviser. Par ici, les tribus ne portent pas de telles coiffes. Il s'agissait sans doute d'un Indien des grandes plaines : un Sioux, un Mandan ou un Pied Noir. Je me suis mis à gamberger. Un enfant du Middle West comme moi ? Le fils d'un militaire, d'un négociant ou d'un rancher venu tenter sa chance dans le coin ou juste la reproduction d'une gravure repérée dans un livre ?

Je lui ai passé mon dessin qui représentait un colonel de cavalerie, de profil, un œil dans sa longue-vue. Il l'a examiné, a retouché les galons, corrigé l'ombre du chapeau sur le haut du visage. Il me l'a rendu sans même me regarder, trop occupé à fignoler sa nouvelle œuvre. Une magnifique tête de cheval est passée entre les barreaux de la geôle. Un destrier en pleine course, la crinière au vent, le sang palpitant dans les vaisseaux saillant sous ses yeux. Je n'en revenais pas. Je me suis senti minable avec le grossier vapeur, fumant et écumant, que je lui ai proposé en retour. C'est à peine s'il y a jeté un coup d'œil. Pas assez bien pour lui, à l'évidence. J'ai tendu le cou pour mieux voir Tom. Il s'appliquait déjà à peaufiner une belle maison à colonnade entourée d'arbres dont les branches laissaient flotter de longs filaments de mousse espagnole, cette drôle de plante qu'on ne trouve que dans le sud-est du pays. J'ai écrit les noms Alabama, Caroline du Sud, Floride, Géorgie, Louisiane, Mississippi et Texas en lettres majuscules. J'espérais qu'une lueur l'animerait ou que, mieux encore, il m'indiquerait de la pointe de son crayon son État d'origine. Le shérif Miller perçait sous le vieil Ocean. Nouvel échec. Il m'a retourné la feuille sans même lever la tête vers moi, comme l'aurait fait un préposé de la compagnie Southwestern Pacific auquel j'aurais présenté un billet périmé. Ça m'a mis en boule. J'ai arrêté de dessiner et j'ai compté les nœuds dans les solives du plafond. Je n'étais pas arrivé à vingt que mes yeux replongeaient sur ses créations : le chef indien, le cheval au galop, la plantation du Sud auquel venait de s'ajouter une magnifique femme brune dans une robe claire, tenant un livre dans une main et une rose dans l'autre. Qu'elle était belle ! Il l'avait affublée d'un regard triste qu'accentuaient la grâce de sa silhouette et la délicatesse de sa toilette. Une femme que j'avais envie de prendre dans mes bras, en cachette d'Emily, pour lui rendre son sourire. Sa mère, j'ai pensé.

– Bon Dieu, mais où as-tu donc appris à dessiner comme ça ? je lui ai demandé tout en sachant que je n'obtiendrais pas de réponse.

L'aube, sale, pointait. J'avais usé trois crayons, lui aussi. Et tout mon stock de papier officiel y était passé. Le plancher était tapissé de toutes sortes de scènes. Un combat d'artillerie à la bataille de Gettysburg pour moi ; une moisson de blé dans une plaine ondoyante pour lui. Un train et son panache noir au pied d'une montagne, pour moi ; une diligence tentant d'esquiver une attaque de sauvages pour lui. Un prospecteur pioche en main à l'assaut d'un rocher pour moi ; un enfant pêchant les pieds dans l'eau, à l'ombre d'un grand chêne pour lui. Toute l'Amérique était là, en autant de planches que les étapes du chemin de croix dont les bigotes de Brewsterville se repaissent.

Redoutant la visite d'Hackett qui prenait un malin plaisir à venir chaque matin comme un clébard pisser sur mon territoire, j'ai rangé tous les dessins, les siens et les miens mélangés. Je suis allé tirer de l'eau au tonneau, l'ai versée dans un bac en cuivre et ai fait signe à Tom de se laver. Je me suis tourné. Je respecte l'intimité de mes prisonniers, toujours. Tout homme, même l'auteur de crimes sordides, a droit à ce modeste égard. J'ai entendu l'eau clapoter et le gosse se récurer avec un morceau de savon. Quand il a eu fini, je lui ai tendu une serviette et des vêtements de rechange que la mère Wendling avait déposés sur le rebord de la fenêtre pendant la nuit, un chapeau de paille, une chemise blanche et un pantalon écru.

Je l'ai fait asseoir sur le banc devant mon bureau et j'ai commencé, debout face à lui, l'interrogatoire le plus étrange de ma vie de shérif. J'ai d'abord mimé un corps sans tête et sans membres. Facile, j'ai passé la tranche de ma main droite à la base de mon cou, sous mon aisselle gauche et à la hauteur de mes genoux. Il a hoché la tête.

– Eurêka ! j'ai crié. Enfin on se comprend !

Ensuite j'ai pris le vieux colt et ai fait mine de me tirer une balle dans le front. Il a encore hoché la tête. Comme je voulais prouver son innocence, j'ai glissé le revolver dans sa main et appuyé sur la gâchette. J'ai senti la peau douce de ses doigts sous la corne de ma paume. Au cliquetis, je me suis couché et j'ai fait le mort. Cette fois, il s'est contenté de se curer le nez avec soin avant d'écraser les crottes sous le banc.

J'ai recommencé mes simagrées au moins deux fois. Ostensiblement, il regardait ailleurs, comme les parents lassés par les pitreries de leur garnement. Il a passé la pièce en revue. Mon bureau encombré de paperasse et de verres sales, la porte de la geôle sur sa gauche, le quignon de pain près de la grille et le portrait d'Aubry sur le mur en face de lui. Le seul qui manquait à son inventaire oculaire, c'était moi. Il contournait ma silhouette, pour épargner à sa vue la gueule tourmentée du vieux bonhomme qui le collait aux basques depuis la veille. Si ce n'était pas du mépris, c'était de l'insolence. Ça ne m'a pas plu du tout.

Je me suis assis à mon bureau et j'ai exécuté trois dessins. Le premier représentait un Indien tirant au fusil sur la tête du futur macchabée, sous les yeux d'un gamin aux cheveux clairs censé être Tom. Le second montrait un type à chapeau mexicain visant le front du malheureux à bout portant. Le troisième mettait en scène Tom, tirant sur l'homme. Je lui ai présenté les trois feuilles. Il a fait une drôle de moue, sans doute parce que mes croquis n'étaient pas très aboutis. Et moi, comme un imbécile, je n'ai pas pu m'empêcher de bredouiller :

– D'accord, petit, c'est pas terrible, mais c'est pour les besoins de l'enquête. Alors montre-moi ce qui s'est passé, ça m'aidera beaucoup.

Une mouche bleue que ses frusques nauséabondes entassées sur un coin du bureau avaient attirée lui a servi de prétexte pour détourner le regard. Son détachement m'exaspérait. Je lui ai pris l'index et l'ai écrasé successivement sur les trois dessins. De l'autre main, je lui ai pris la tête et l'ai obligé à me regarder. En pure perte. Ses yeux étaient à nouveau vides de toute expression. Je lui ai agrippé la tignasse et lui ai collé le nez sur mes dessins, l'un après l'autre. Je guettais un sursaut, un soupir, un frisson. Mais toujours rien. Était-ce la violence de la scène rappelée sur le papier qui le bouleversait ? La volonté de protéger un secret ? Une façon de se jouer de moi ? Notre dialogue de sourds, enfin je parle surtout pour lui, a bien duré une heure. Une éternité.

Il m'a désigné le cruchon et le quignon. J'ai vu là le moyen d'arriver à mes fins. Je les ai posés sur mon bureau et lorsqu'il a voulu s'approcher, je les ai repris. J'ai commencé à boire à la cruche et à mastiquer le morceau de pain en poussant des « hmmm » de contentement. De nouveau, il a tendu la main. J'ai replacé les victuailles sur le bureau et lui ai mis les dessins sous le nez. Pour faire bonne mesure, je l'ai menacé en hurlant :

– Suffit, ce cirque, bonhomme ! Tu me dis ce qui s'est passé, ou je te boucle sans eau ni pain jusqu'à ce que tu me dises qui de toi, d'un sauvage ou d'un Mexicain a tué le malheureux !

Des larmes ont roulé sur ses joues. Je tenais le bon bout.

Deux têtes se sont découpées dans l'encadrement de la fenêtre. J'ai cru reconnaître le chapeau difforme de Joseph Breitbach, le cordonnier, et le melon de Noah Blair, le fondé de pouvoir de la Prescott Bank of Arizona. Deux curieux que la comédie de la veille n'avait pas rassasiés. J'ai tiré le rideau mité et suis retourné face à Tom en tapant du pied pour consolider mon avantage. C'est quelque chose que j'avais appris dans l'artillerie de l'U.S. Army. Quand les lignes adverses sont à terre, plutôt que de relâcher l'étreinte, il faut écraser les survivants sous le feu roulant. Infaillible : les larmes ont redoublé sur le visage de Tom, puis des hoquets ont agité son corps de la tête aux pieds. On aurait dit un poulet en train de rendre son dernier souffle. Je n'avais aucune pitié. Je voulais juste en finir. Pour lui, pour moi et tous ceux qui ne manquaient pas d'échafauder je ne sais quelle histoire à dormir debout autour de ce gamin trouvé dans la fournaise du désert. Au passage, j'aurais cloué le bec à Artie Hackett et lui aurais enlevé une raison de m'ôter mon gagne-pain. C'était à cet instant la plus forte de mes motivations pour avancer dans la résolution de l'affaire.

J'ai remis le couvert. De quelques coups de crayon j'ai fait apparaître la silhouette d'un gamin à cheveux clairs se balançant au bout d'une corde. Et j'ai hurlé :

– Voilà comment tu vas finir, petit morveux, si tu ne me dis pas ce qui s'est passé hier !

Tom a pris sa tête entre ses mains. Ses tremblements ont repris de plus belle. « Il est en train de craquer, ne le lâche pas, Miller », je me suis dit.

– Il est en train de craquer, ne le lâche pas, Miller ! a répété une voix de stentor.

J'ai sursauté. C'était Artie Hackett. Il s'était invité dans l'intimité de notre interrogatoire. J'ai salué le maire d'un hochement de tête et lui ai adressé un regard grave pour le laisser penser que je contrôlais la situation.

– Continuez Miller ! Frappez-le ! a dit Hackett en me tendant sa canne vernie. Ça l'aidera à se délivrer de son secret.

Frapper Tom, je ne le pouvais pas. J'ai rendu sa canne à Hackett qui a roulé des yeux désapprobateurs.

– Je vais le garder toute la journée, sans boire et sans manger, en espérant que sa mémoire va lui revenir. Demain, je retournerai dans la Paline Vacía et je suivrai ses traces. Elles me conduiront là où cette sale histoire a commencé.

J'ai attendu l'approbation de cette vieille bique. Il a gonflé ses joues comme une grenouille à la saison des amours et a soufflé de désespoir.

– Pauvre Miller, il a dit. Étiez-vous tellement saoul cette nuit que vous n'avez pas entendu, juste avant l'aube, l'orage gronder et la pluie tomber ? Vous ne trouverez pas plus de trace de pas dans la Paline Vacía qu'il n'y a d'or dans le Cumberland Canyon. Toutes ont été effacées par des trombes d'eau !

Je suis resté sans voix. Moi qui perçois le tonnerre à des milles, il avait donc fallu que je sois sacrément absorbé par ma séance de dessin avec Tom pour ne me rendre compte de rien. Je n'en menais pas large face au maire. J'ai néanmoins réussi à surmonter la confusion qui m'étreignait et ai tenté :

– Il y a peut-être d'autres corps que les charognards n'ont pas encore nettoyés, un chariot, un cabriolet, des chevaux, la tête et les membres du mort…

J'avais la bouche sèche et une furieuse envie de vider une pinte de whiskey pour me remonter le moral. J'ai attendu une nouvelle salve. Elle est arrivée comme une pluie d'obus sur une section d'artilleurs à la bataille de Gettysburg. Vite et sans prévenir.

– …Et, en prime, mon brave Miller, les complices du gamin vous attendent là-bas bien sagement, mains tendues pour que vous leur passiez les fers ! a ricané Hackett.

J'ai regardé Tom. Il ne tremblait plus, il avait même cessé de pleurer. J'ai cru déceler la lueur malfaisante de l'ironie dans son sourire en coin. Je me suis tourné vers Hackett. Il rendait au gosse le même rictus. Je me suis senti seul, comme si ces deux lascars se jouaient de moi. J'ai allumé ma pipe et tendu du tabac à Hackett pour qu'il remplisse la sienne. Ce vieux grigou ne s'est pas fait prier. Il m'a arraché la blague des mains et a bourré son brûle-gueule à ras bord.

J'ai tiré quelques bouffées. Ça m'a aidé à retrouver mon aplomb. J'ai marché de long en large les mains dans le dos afin de faire croire à Hackett que j'étais sur le point de lui livrer la clé de l'énigme. J'ai appelé à la rescousse François-Xavier Aubry qui me toisait depuis le mur. « L'ami, je lui ai dit, toi qui, dans les déserts d'Arizona, as affronté tous les serpents à sonnette, rampants ou sur deux pieds, toi qui as trompé tant de fois la mort avant de trépasser en héros, donne-moi un peu de ta force pour mater ce vieil Hackett… »

J'ai cru voir Aubry cligner des yeux et sa moustache se soulever pour laisser passer un souffle de voix. « La fatigue de la nuit et la colère étouffée te jouent des tours. Tu dérailles, Ocean », j'ai songé.

Le maire martelait le plancher de la pointe de sa canne. C'était sa façon à lui de me presser.

– Dès demain, je partirai pour Prescott afin de m'entretenir de cette drôle d'affaire avec le marshal Texas King. Il sera de bon conseil, j'ai répliqué.

Artie Hackett a fait la gueule. Touché ! Il détestait mon chef qui prenait toujours fait et cause pour moi. En mon for intérieur j'ai jubilé. Il n'a rien trouvé à dire et s'est contenté d'un haussement d'épaules. Je me suis tourné vers le gosse. Lui aussi affichait une moue dubitative. À croire qu'ils étaient ligués contre moi. Le maire a finalement rompu le combat. Sans un mot, il a claudiqué jusqu'à la porte. Avec cet insoutenable regard vide, Tom a laissé filer ses yeux aux trousses de la mouche bleue qui voletait de solive en solive.

Je me sentais seul au monde. Seul avec un gosse sourd et muet, et en prime un cadavre sans nom. Je vous assure avoir connu des moments plus plaisants dans mon existence.

4

Texas King

Enfoncé dans son fauteuil de cuir vert, la tête rejetée sur le dossier recouvert d'un napperon brodé, Texas King curait les interstices entre ses incisives avec la pointe de son Bowie[1]. Il y mettait un tel soin que je n'ai pas osé l'en distraire, si bien qu'on est restés un long moment plongés dans le silence. J'en ai profité pour détailler sa collection de daguerréotypes accrochés au mur. Il y apparaissait dans toutes sortes de postures avantageuses : monté sur un cheval blanc, le pied sur le cadavre d'un Apache, pointant son colt sur un bandit au visage tuméfié ou posant aux côtés de John C. Frémont, le gouverneur du territoire d'Arizona. L'homme avait fière allure. Tout en muscles, il avait les épaules larges, la taille fine et de longues jambes. Mais c'est son visage et son expression de détermination, d'autorité et de sang-froid – le viatique indispensable à tout représentant de la loi qui entend se faire respecter dans nos contrées – qui impressionnaient le plus. Avec ses boucles noir corbeau qui tombaient sur

1. Ce couteau fut rendu célèbre dans tout l'Ouest américain par la Sandbar Fight (Mississippi) de 1827. Au cours de cette bagarre, l'aventurier texan Jim Bowie, bien que blessé par balle, parvint à tuer plusieurs adversaires avec ce poignard à lame incurvée inspiré des couteaux de chasse espagnols.

ses épaules, sa fine barbiche et ses yeux bleu pâle, il faisait chavirer les cœurs des rombières délaissées de Prescott. On lui prêtait d'ailleurs des liaisons avec tout ce que la capitale comptait de femmes en fleurs. Texas King savait aussi jouer de ses atouts en soignant ses tenues. Nous autres, les étoilés du désert, nous étions mal fagotés avec des vêtements de cuir râpé ou de coton grossier quand lui portait des chemises de popeline blanche, des redingotes sombres et des pantalons de toile.

Il devait son prénom à sa naissance au Texas d'un père qui avait combattu pour l'indépendance du plus grand État de l'Union avant de rallier la cause confédérée et de mourir sous les balles yankees à la bataille de Shiloh. Lui-même s'était taillé une réputation de héros en s'engageant à seize ans chez les Rebelles. Comme sniper, il avait fait merveille. Le meilleur de son régiment. Il s'attribuait la mort de soixante-quatre ennemis comme franc-tireur parmi les fantassins texans. U.S. marshal de Prescott depuis onze ans, Texas King avait été mandaté par le gouvernement d'Arizona pour superviser les shérifs minables qui, comme moi, officiaient dans les comtés paumés autour de Prescott. À la tête d'une dizaine d'hommes, il faisait régner l'ordre dans la capitale du territoire et dans les environs. Le respect dont il jouissait était proportionnel au nombre de bandits, voleurs de bétail et détrousseurs indiens et mexicains qu'il avait zigouillés ou fait pendre. Une cinquantaine, au bas mot.

J'appréciais Texas King. Et il me le rendait bien, sans que je sache vraiment pourquoi. Sans doute parce qu'on n'avait ni l'un ni l'autre froid aux yeux et qu'on savait tenir les notables à distance, les rappeler au règlement quand leurs magouilles menaçaient l'ordre public. Lorsque Artie Hackett avait voulu mettre un terme à mon office, il l'avait envoyé balader : « Qui touche à Ocie, touche à Texie ! » avait-il sifflé en collant son nez sur celui du maire.

– Qu'est-ce qui t'amène, Ocie ? m'a-t-il demandé en levant enfin un sourcil.

Je détestais sa manie de m'appeler ainsi mais, après plusieurs tentatives infructueuses, j'avais renoncé à l'en dissuader.

– Une drôle d'histoire de gamin sourd et muet trouvé dans le désert, du côté du Río Perdido, avec un cadavre sans tête, sans bras et sans..., j'ai commencé.

– Quoi ?

Comme il a voulu parler avec son couteau dans la bouche, il s'est percé la lèvre et le sang a jailli. Il en a vite eu plein sa chemise blanche. Je me suis levé pour lui tendre mon mouchoir, mais, d'un air dégoûté, il m'a fait signe qu'il n'en voulait pas. J'ai compris pourquoi : il était fripé et taché. Il a sorti un carré de soie de sa poche et s'est épongé la bouche. J'ai continué mon récit, qu'il n'a pas interrompu. Avec ses yeux écarquillés, sa bouche ouverte et le filet de sang qui gouttait depuis la pointe de son bouc, il était ridicule.

– Coton, coton, il a marmonné. J'ai pensé qu'il réclamait mon mouchoir alors j'ai plongé ma main dans ma poche.

– Non, non, il a fait en sortant un autre carré de toile. Non, non, coton, coton cette histoire, je veux dire.

Comme je ne voulais pas avoir fait la route pour rien – trois pleines journées de cheval depuis Brewsterville sous une chaleur d'enfer –, je me suis dit que j'allais extorquer au marshal King des tuyaux pour élucider ce mystère.

– T'as une idée ? je lui ai demandé en bourrant ma pipe.

– Pas la moindre, Ocie, pas la moindre. Mais c'est pas une idée que tu dois chercher, vieux, c'est la raison qui a poussé ce gosse à couper ce type en morceaux.

Il avait l'air aussi embêté que moi.

Le sang ne coulait plus. Maintenant, c'étaient ses ongles qu'il curait avec son Bowie. J'ai fait attention à ne pas lui livrer de détails saugrenus qui l'auraient conduit à se blesser.

– Je ne pense pas que ce soit le gosse qui l'ait buté. À tout hasard, on ne t'aurait pas signalé la disparation d'un homme mince, plutôt de petite taille, tout de blanc vêtu et accompagné d'un gosse d'une douzaine d'années ?

Il a fait non de la tête et a dit :

– Ça sent mauvais…

– Pour sûr, j'ai répondu. Je me suis trimballé le cadavre posé sur un travois tiré par ma jument pendant trois bonnes heures. Ça puait tellement que j'ai failli gerber tout au long de la piste qui me ramenait à Brewsterville.

– Non, c'est cette histoire qui sent mauvais. Qui peut bien s'amuser, et pourquoi, à tronçonner un bonhomme ? C'est pas des mœurs de par chez nous. Ici, on flingue ou on surine, mais on ne découpe pas la viande froide. Cette histoire pue, Ocie, elle pue. Si c'est pas ton gosse qui a joué les désosseurs, ça peut être une affaire de vengeance. En mettant ton type en morceaux, on a voulu envoyer un message. Reste à savoir lequel. Et ça, c'est ton boulot, mon vieux.

Du poing, il a fait tinter la sonnette en vermeil de son bureau. Une dizaine d'hommes a déboulé avec tous le même visage buriné, la mâchoire carrée et cette lueur froide qui n'appartient qu'à la communauté des hommes, et j'en fais partie, qui ont tué et tueront encore. Il leur a exposé l'histoire sans omettre le moindre détail. Le marshal King avait une mémoire prodigieuse. Un jour, devant un bandit agonisant, il lui avait rappelé les vingt-huit meurtres et délits pour lesquels on le recherchait. Les lieux, les noms des victimes avec leurs dates et comtés de naissance, rien ne manquait. Texas King était vraiment spécial. À ses assistants, il a rapporté au mot près ce que je lui avais raconté. J'étais bluffé.

Les mastards se sont regardés.

– Une idée ? leur a demandé Texas en frappant sa paume du plat de la lame de son Bowie.

Ils ont secoué la tête. Avec agacement, il leur a fait signe de sortir.

– Juste bons pour attraper les voleurs de poules, il a grogné.

Il a sorti un cigare d'une boîte en marqueterie dont le couvercle était orné du portrait du président Jefferson. Il a gratté une allumette sous son bureau et a tiré quelques bouffées épaisses de son barreau de chaise.

– Voilà ce que tu vas faire, Ocie, il a dit. Tu vas emmener le gosse dans le désert et le ratisser de fond en comble. Prévois d'y demeurer plusieurs jours. Au passage, tu vas interroger tous les coyotes qui se terrent dans leur trou.

– Les coyotes ? j'ai demandé, étonné.

– Oui, les tarés qui cherchent de l'or ou Dieu dans le désert. Tu vas me passer le Mojave au peigne fin. Je viendrai dans une semaine voir où tu en es.

Puis il a griffonné quelques mots sur un papier à son en-tête, l'a signé et me l'a tendu.

– Avant de te mettre en route, tu iras voir Jacob Bloch, le marchand de chevaux, à la sortie de la ville. Tu lui refileras ta carne et tu lui demanderas de te donner l'alezan que je lui ai confié hier. Si ça ne t'embête pas de chevaucher la bête d'un salopard que j'ai refroidi parce qu'il avait tiré sur l'un de mes hommes…

J'ai apprécié l'attention. J'aimais bien Princess, mais elle avait fait son temps. Le moment était venu de nous séparer. Avec ce qui m'attendait, il me fallait un cheval capable d'assurer de longs galops et de supporter les touffeurs comme les grands froids.

– Tu crois qu'il la fera abattre ? je lui ai demandé avec un filet de voix qui trahissait les remords d'un cavalier sur le point de se séparer de sa fidèle monture.

– Je ne te jurerais pas le contraire, Ocie, a fait King. Mais même dans le désert de Mojave, un représentant de la loi ne peut pas s'exhiber sur un cheval aussi ridicule que ta vieille Princess avec ses genoux gros comme des courges et ses sabots en dedans. Et il n'y a pas plus belle fin pour elle qu'en potée avec des fayots. C'est quand même mieux que de crever à petit feu dans d'atroces souffrances.

Il s'est levé, m'a tendu la main au-dessus de son bureau. On s'est salué longuement, comme deux amis qui n'allaient pas se revoir de sitôt. Puis il s'est essuyé la main sur sa hanche. Je devais sentir mauvais.

Une fois chez Jacob Bloch, je n'ai pas pu me résoudre à abandonner Princess. C'est plus fort que moi, j'ai toujours vu dans les animaux des êtres humains auxquels il avait pris la fantaisie de se tenir nu sur quatre pattes. À l'exception des serpents, des araignées et des scorpions, voire des bêtes à plumes, je les considère toujours comme des proches. Et on ne mène pas un proche à l'abattoir. Surtout quand on a partagé avec lui le pire et le meilleur. J'avais confié tant de secrets à Princess au cours de nos interminables chevauchées. Et ma vieille jument n'a rien fait pour faciliter la séparation. D'abord, elle a tressailli à l'approche du marchand de chevaux où une dizaine de bêtes promises à l'abatteur piaffaient d'épouvante. Ensuite, elle n'a pas voulu entrer dans l'enclos qu'un palefrenier à dents de lapin venait d'ouvrir.

– Faites bien de vous en débarrasser, shérif. Cagneuse comme elle est, votre jument sera plus utile à remplir des ventres affamés qu'à vous faire traverser le désert, a dit le gosse dans un sourire imbécile.

Princess a renâclé. Je me suis senti lâche. J'ai fait part de mes états d'âme à Bloch, qui m'a laissé repartir avec Amber, ma nouvelle monture, et ma carne en me faisant promettre, en échange, de lui remettre le cheval du prochain salopard que je ferais pendre à Brewsterville.

– C'est bien parce que tu es juif comme moi, Miller, il m'a dit.

Qu'est-ce que ça pouvait bien vouloir dire d'être juif parmi les chrétiens de Prescott et de Brewsterville ?

J'étais d'humeur guillerette et ma jument était en joie. En tout cas, c'est ce que j'ai ressenti en la montant alors que je cheminais dans California Street avec ma nouvelle acquisition tenue en longe. Je voulais fêter ma bonne action envers Princess au Westerner Saloon, un lieu de perdition où même les représentants de la loi prenaient le risque de se faire importuner. J'ai confié mes chevaux au fils du tavernier, un rouquin pas plus grand que Tom. Il les a menés dans l'écurie réservée aux hôtes de marque. J'ai bombé le torse et marché jusqu'au bar en prenant soin de faire tinter mes éperons. À ma gauche, à ma droite, des tablées de joueurs de cartes. Quelques visages gris émergeaient des nuages de fumée aussi épais que les cumulonimbus de la fin de l'été dans le Middle West. Au bar, une flopée de pochards cuvaient leur détresse en silence. Je me suis avancé, j'ai commandé un double et entamé la conversation avec mon voisin, un dénommé Cameron McCulloch. C'était une connaissance de Brewsterville, un brave type qui tentait d'élever des moutons quand il ne s'enfilait pas des gallons de whiskey.

– T'as retrouvé la tête de ton macchab' ? il m'a demandé en souriant de sa bouche édentée.

– Pour sûr, non, et je n'en prends pas le chemin.

Il a approché son tabouret du mien et m'a chuchoté à l'oreille :

– Ce coup-là, c'est pas les Indiens ou les Mexicains qui l'ont fait. Ce coup-là, c'est une affaire de gros sous, shérif. Même que j'ai ma petite idée…

Je retenais ma respiration pour ne pas humer la pestilence de son haleine. J'ai commandé un double pour McCulloch et un autre pour moi. Comme toujours lorsque je veux me donner de la prestance, j'ai bourré ma pipe et pris un air détaché, histoire de le laisser venir.

– Je suis prêt à parier qu'on l'a décapité pour que personne ne puisse le reconnaître, il a dit en sirotant son whiskey.

Mon interlocuteur s'est déboutonné, au propre comme au figuré. Il a posé les coudes sur le comptoir, comme le font les gars auxquels l'alcool donne envie de se confesser, et a dégrafé sa vieille chemise élimée.

– Oui, shérif, les tueurs se sont arrangés pour qu'on n'identifie pas le gars : un chasseur de trésor anglais, venu par ici déterrer une cassette remplie d'or que des négociants espagnols ont cachée dans les montagnes Matevilya[1], il y a des lunes et des lunes, peu de temps avant de se faire zigouiller par des Mojaves.

« Une histoire d'ivrogne à dormir debout », je me suis dit. Rien que d'y penser, j'ai bâillé. Il l'a vu.

– T'as tort, shérif, c'est la vérité, il a insisté, aussi vrai que je m'appelle Cameron McCulloch.

Il a compris que j'étais intéressé, alors il a fait son difficile. Il s'est tu et m'a tendu son verre. J'ai demandé à John, le barman borgne, de nous filer une pleine bouteille de Gold Seeker. Je ne voulais pas que Cameron soit fin bourré avant de terminer son récit, qu'il déroulait entre deux verres, je le servais donc à petite dose. Je lui ai aussi filé un morceau de pain – ça fait éponge – que John rapportait d'une table qu'il venait de desservir. Quand on picole fort, il faut toujours manger un peu. J'avais juste oublié que plus de la moitié des dents de McCulloch s'étaient fait la malle. Le bougre a trempé son pain dans son verre et l'a sucé dans une cacophonie de gargouillis qui m'a retourné l'estomac.

J'ai attendu qu'il reprenne son récit en regardant ailleurs. J'ai compté douze mouches autour de la lampe à pétrole. Je ne voulais pas lui laisser croire que je mordais à l'hameçon. Il faut toujours se méfier des gens qui élèvent et font commerce du bétail.

1. Matevilya est le premier dieu des Indiens mojaves. Il créa la terre et le peuple mojaves puis mourut après que sa fille, une grenouille, lui eut jeté un sort.

Ils n'ont pas leur pareil pour faire tourner leurs clients en bourrique.

– Sans te commander, shérif, il a continué, il faut te demander s'ils ont réussi à faire parler l'Anglo, en menaçant de tuer le gosse. Ou s'ils ont découpé le gars dans l'espoir de faire parler le gamin. Et, bien sûr, s'ils ont mis la main sur le magot.

– Tu savais où il était, le magot, toi ? j'ai demandé.

Question idiote. McCulloch a ri tellement fort que j'ai soudain eu sur moi tout ce que le Westerner Saloon comptait d'yeux, grands ouverts ou mi-clos. Je me suis mis à rire encore plus fort pour faire croire à l'assemblée que le berger et moi, on venait de partager une bonne blague. L'autre m'a fixé bouche bée.

– Ben oui, si tu le savais, tu aurais au moins changé de chemise, hein Cam ? j'ai dit.

– Et même qu'avec cette fortune, j'aurais filé à San Fransisco pour m'y faire faire poser des dents en or plein la bouche ! a hurlé McCulloch à grand renfort de postillons tout en me tapant dans le dos avec une main épaisse comme un battoir.

– Où as-tu pêché cette histoire de trésor ? j'ai ajouté d'un air détaché. Jamais entendu parler.

– L'histoire est vraie de vraie à en croire les vieux Mojaves qui traînent dans le désert. Elle remonte à un ou deux siècles, a repris McCulloch avant de vider un nouveau verre cul sec. Une colonne d'Espagnols partie de Los Angeles s'est pointée dans le désert pour faire ami-ami avec une bande de sauvages. Ils leur ont refilé de la verroterie, des casseroles et des couteaux contre une pleine cassette d'or. Sur la route du retour, ils ont fait escale pour la nuit dans une grotte des Matevilya, à douze milles à l'ouest du Dead Man Canyon. Ne sont jamais revenus en Californie. Des années après, on a retrouvé un bout d'armure, un casque, deux lances espagnoles et même un mousquet dans un campement mojave anéanti par la variole. L'or, lui, jamais revu. Disparu, envolé, a fait McCulloch en imitant de ses mains engourdies les ailes d'un oiselet montant vers le ciel.

J'étais partagé. Bien sûr, j'espérais tenir entre les lèvres de Cameron McCulloch la clé de l'énigme. Mais je me disais aussi que cette affaire ne pouvait raisonnablement pas trouver une issue si simple, dans la bouche d'un poivrot au bar d'un saloon crasseux de Prescott, quelques jours seulement après mon étrange découverte.

J'ai pris le bras de Cameron et lui ai offert le fond de la bouteille de Gold Seeker.

– Et comment l'Anglais aurait eu vent de cette histoire de trésor ? Et comment tu sais que le macchabée était anglais ?

Le berger a allumé un cigare et s'est donné le temps de concocter sa réponse. Moi, j'ai repris ma chasse aux mouches qui tournoyaient autour de la lampe.

– Parce que j'ai de grandes oreilles et que j'entends mieux que toi, shérif ! a finalement ricané McCulloch.

Il a rejeté son chapeau en arrière et découvert son crâne chauve comme s'il voulait aérer sa cervelle avant de se lancer dans une longue explication.

– L'an dernier, un gars qui parlait comme une gonzesse, donc un Anglais, est venu par chez moi me poser toutes sortes de foutues questions sur les tribus qui habitaient par ici. Il m'a demandé où se trouvaient les grottes des montagnes Matevilya. J'ai proposé de l'y faire conduire pour deux dollars par mon fils

Jack. Il a décliné en m'expliquant qu'il préférait y aller seul. Il m'a acheté une pioche, une pelle, une outre d'eau et une mule, pour chercher de l'or. J'ai trouvé ça curieux vu qu'y a pas d'or là-bas. Deux jours plus tard, il est repassé à la bergerie, dans un drôle d'état. Brûlé comme un steak, les mains pleines d'ampoules, et il délirait. Je l'ai couché et l'ai veillé. Toute la nuit il a causé. Pour une fois, je n'avais pas bu une goutte d'alcool, si bien que j'ai pu garder l'esprit vif et écouter sa jactance. Il y était question du trésor des Mojaves, d'une cassette pleine d'or cachée dans une grotte. D'un vieil Indien mort l'été d'avant qui lui aurait raconté une légende familiale selon laquelle ses ancêtres pensaient avoir roulé des cavaliers espingoins dans la farine en leur refilant des pépites, des colliers et des bracelets contre des pierres rouge et bleu translucides et des couteaux tellement aiguisés qu'en les passant sur le dos des antilopes, on leur rasait le poil. Il est reparti en me disant qu'il reviendrait un jour. Je ne l'ai jamais revu.

– Et le gosse ? j'ai demandé.

– Ni femme ni gosse, il était seul.

– Son nom ?

– Morand ou quelque chose comme ça. George Morand, je crois…

– Et qui me dit que c'est bien notre corps sans tête ?

– Il était pas plus grand que Jack et mince comme un clou. D'après ce que j'entends, ça correspond à la description de ton macchabée. Voilà, je t'ai tout dit, shérif.

« C'est déjà bien assez, vieux poivrot ! » j'ai pensé. J'étais aussi heureux qu'un prospecteur qui vient de découvrir sa première once d'or. J'ai tapé du poing sur le comptoir. Le barman qui essuyait des verres m'a regardé avec une mine désabusée, celle qu'il réserve aux pochards qui se mettent à chanter à mi-bouteille. Je me voyais déjà face à Artie Hackett. Je le faisais asseoir dans mon bureau, je joignais mes mains devant ma bouche un long moment avant de lui dérouler toute l'histoire. Je prenais mon temps afin de savourer ma victoire. Le maire hochait la tête d'un air penaud avant de reconnaître sa défaite : « Bon boulot Ocean, vous remontez dans mon estime. »

Aussitôt après, un frisson a parcouru mon échine et m'a tiré de ma rêverie. C'était une chose de connaître l'identité du macchabée, une autre de savoir qui l'avait tué ! Sur ce point, je n'avais pas le début d'une piste. Fallait-il que mon discernement commence à décliner pour que je me réjouisse si tôt ? J'ai imaginé la voix de crécelle d'Hackett me dire : « Me fous de savoir qui était ce type, shérif à la manque ! Ce qui m'intéresse, c'est le coupable ou le magot. » Je n'en menais pas large. Je transpirais et tremblais sous l'effet conjugué de l'humiliation que je venais de m'infliger et des verres de Gold Seeker que je m'étais enfilés.

J'ai fini par reprendre le dessus.

– Et les criminels, ce serait qui, d'après toi ? j'ai demandé à McCulloch.

Comme il n'était plus très loin de rouler à terre, j'ai dû insister pour qu'il daigne me répondre.

– C'est toi le shérif, pas moi, il a grogné comme un clébard tiré de son sommeil.

J'ai compris que je n'obtiendrais plus rien de lui. J'ai réglé les consommations en laissant un pourboire minable au barman. Ma manière de lui faire payer l'air dédaigneux qu'il m'avait infligé toute la soirée. Puis je suis allé me coucher dans la chambre que j'avais retenue au Travelers Hotel, dans la Cortez Street.

Je n'ai pas fermé l'œil de la nuit. Ce ne sont ni les vagissements des clients de la pute qui bossait dans la chambre d'à côté, ni les vociférations des ivrognes au-dehors, ni même les puces colonisant le matelas qui m'ont infligé une nuit blanche. Non, ce qui m'a empêché de dormir, ce sont les visions défilant dans mon crâne à la vitesse d'un cheval au galop. Des cavaliers espagnols harnachés de fer, cuisant sous le soleil du désert. Une bande de Mojaves tapis derrière un rocher tandis que l'escouade partage son repas du soir devant la bouche d'une grotte. Les cris. Les flèches dans les poitrines de plusieurs hommes. Un coup de feu tiré par un mousquet. Un échalas qui court une pioche dans une main, la cassette dans l'autre, et s'enfonce dans la grotte. Les Indiens qui s'acharnent sur les mourants puis emportent les armes, les chevaux et les mules. Le rescapé qui ressort de la grotte le lendemain après y avoir planqué le magot. Il marche sous le soleil, titube et tombe. L'ombre des vautours grandit au-dessus de lui. Il halète, s'étouffe et meurt près d'un buisson d'armoise.

Un nouveau client s'est mis à bramer comme un cerf dans la piaule voisine. Ça a remis en route mon imagination. Je voyais l'Anglais à genoux, le visage en sang. À ses côtés Tom, son fils, tremble de peur. Trois hommes les tiennent en joue. Le chef resté sur son cheval leur ordonne de dire où se trouve la cassette. Le père refuse. Un malfrat lui fait sauter la cervelle puis s'enfonce dans la grotte. Reste le gosse. L'un des bandits, le plus costaud, coupe les jambes du père en menaçant Tom de lui faire subir le même sort. Le gosse reste interdit, et pour cause, il est muet comme une carpe. Alors le rustaud s'attaque aux bras du père.

Tom se tait toujours. L'autre procède à la décapitation. Tom s'évanouit. Celui qui a tiré sur l'Anglais ressort de la grotte avec la cassette à bout de bras. Les hommes poussent des cris de fauves. Ils tirent des coups de feu en l'air et s'enfuient. Tom demeure seul avec ce qu'il reste de son père : un tronc, des cuisses et des moignons de bras.

Le raffut dans la chambre voisine m'a tiré de ma torpeur. C'est toujours curieux d'entendre un homme d'âge mûr crier « Maman ! » dans les bras d'une femme dont il a acheté les faveurs. Ça m'a fait l'effet d'une douche froide. Je me suis redressé et frotté les yeux, puis j'ai allumé ma pipe pour chasser les fantômes qui m'avaient privé de sommeil.

J'ai parlé à haute voix comme si je rendais compte des révélations de McCulloch au marshal Texas King. « Cette histoire repose sur le témoignage d'un poivrot notoire qui la tient lui-même d'un Anglais de passage. Délirant après une insolation carabinée, le type a évoqué une légende qu'il tenait d'un vieil Indien, mort depuis, qui la tenait lui-même de ses aïeux… » « Vraiment trop fumeux pour être pris au sérieux, mon vieil Ocie », m'aurait fait Texas. Et puis je sais bien qu'il faut toujours se méfier des légendes indiennes. Je me suis souvenu de ce Navajo qui m'avait soutenu mordicus que cet énorme rocher de Shiprock, haut de mille sept cents pieds, qui trône sur le plateau du Colorado dans le territoire du Nouveau-Mexique, avait servi à transporter son peuple sur ces terres depuis une contrée lointaine.

Je n'ai pas voulu m'attarder à Prescott. Je n'aime pas cette ville qui cherche à se donner des airs de capitale tout en accumulant les attributs des bourgs mal nés de l'Ouest. Un peu comme une paysanne aux traits lourds et aux mains épaisses qui se farde et se pare de toilettes élégantes pour faire croire qu'elle appartient au beau monde. Excepté quelques immeubles en brique et les manoirs tarabiscotés qui font la fierté des huiles locales, Prescott n'est qu'un fatras de bicoques bancales, de boutiques et d'entrepôts construits à la hâte le long de rues encombrées de mille tombereaux, cabriolets et chariots. Partout, on y sent l'odeur de l'argent rapide. Le bétail arrivé le matin est chargé le soir même dans les wagons de la Southwestern Pacific. Les prospecteurs font leurs courses en vitesse pour ne pas rater quelques heures de labeur. Une poignée de secondes leur suffit pour échanger l'or contre des dollars avec des négociants expéditifs. Tout va vite dans ce bout d'Amérique en fusion. Aux heures de pointe, les tenanciers des saloons font déguerpir les clients qui traînent au comptoir afin que d'autres puissent, à leur tour, s'enfiler deux ou trois verres. Jamais vu autant d'hommes boire cul sec. Même les putes tapinent à la chaîne de l'aube à la nuit et de la nuit à l'aube. Texas King m'a raconté qu'une bonne gagneuse pouvait faire jusqu'à trente passes par jour. Ma voisine de chambre au Travelers Hotel ne devait pas être loin du compte.

Ce qui m'horripile par-dessus tout à Prescott, ce sont les grands airs que se donnent ceux qui tiennent la ville, leur condescendance, comme s'ils étaient établis là depuis des générations alors que tous sont nés à l'Est ou en Californie et ont bâti leur fortune en quelques saisons. Même un homme de loi portant l'étoile n'échappe pas à leur dédain. Un peu comme si nous étions leurs larbins, payés pour les débarrasser des gêneurs. Je ne suis pas dupe. Je sais qu'ici comme ailleurs, les notables ne sont que des opportunistes qui ont réussi en grugeant ou en volant leurs prochains sans se faire prendre.

J'ai avalé une platée d'œufs brouillés à la cuisine de l'hôtel et me suis mis en route. J'avais hâte de retrouver Tom et de tirer au clair cette satanée histoire.

5

L'INTERROGATOIRE

Lorsque je suis arrivé à Brewsterville, il faisait nuit noire depuis deux bonnes heures. Même les étoiles s'étaient fait la belle, la faute à une brume épaisse que la terre avait suée toute la sainte journée. Abner Drinkwater m'attendait sous l'auvent. Effondré dans le rocking-chair, il tenait un fusil d'une main, avait l'autre posée sur le ventre. C'était sa manière à lui de monter la garde devant le bureau du shérif. Pas de quoi impressionner des vauriens en quête d'un sale coup ou de braves citoyens désireux de compter sur des hommes de loi aux aguets. Ça n'a fait qu'assombrir mon humeur. La route depuis Prescott avait été pénible. J'avais passé le trajet à arbitrer un conflit entre Amber et Princess, que j'avais voulu monter une dernière fois. Mon nouveau cheval ne supportait pas de se tenir derrière ma vieille jument. Pour lui, comme pour beaucoup de types par ici, la place du mâle est devant la femelle. Toujours. J'avais beau lui distribuer des coups de corde, il ne voulait pas suivre les pas de Princess. Il lui mordait la croupe, elle ruait en retour. J'ai bien failli me retrouver à terre quatre ou cinq fois.

J'ai sellé Amber et l'ai monté, laissant libre Princess, qui connaissait le chemin jusqu'à Brewsterville. Mal m'en a pris. Ma jument s'est encore placée devant Amber. Elle faisait son affaire d'ouvrir la route. Ça l'a rendue guillerette. Sa claudication s'est estompée. Elle roulait des fesses comme une pimbêche. L'autre a vu rouge et a cherché à prendre Princess de vitesse, qui à chaque fois retournait à la tête du convoi en se dandinant. Amber a fini par ruer de rage. J'avais beau tirer sur les rênes tout en lui bourrant les flancs de coups de genoux, il ne voulait pas abandonner à sa congénère la place qui, dans sa caboche de cheval, revenait au fier hongre qu'il pensait être. Trois jours à gourmander l'un, puis l'autre. Ça m'a exténué. Au final, j'ai attaché Princess à une longe nouée à ma selle. Mais ils n'ont pas cessé de s'enquiquiner en cherchant à prendre le pas l'un sur l'autre.

Du coup, pendant les trois jours de voyage, je n'ai pas eu une minute à moi pour penser au cadavre sans tête ou à ce que j'allais pouvoir faire de Princess. C'est en voyant la silhouette avachie d'Abner que la solution m'est apparue. Quint, son vieux cheval, était mort pendant l'hiver et il m'avait confié ne pas avoir assez d'argent pour s'en acheter un nouveau. Il était contraint de monter une mule étique, ce qui lui valait les sarcasmes de tout ce que Brewsterville comptait comme cavaliers. Et ça fait du monde, croyez-moi. « Voilà, tu vas offrir ta jument à ce bon vieux Drinkwater », je me suis dit.

– Elle est à toi ! je lui ai lancé en attachant les chevaux à la rambarde de l'auvent.

Le vieux s'est redressé d'un bond en heurtant la lampe à pétrole qui diffusait une lueur faiblarde au-dessus de sa tête.

– Elle est magnifique, tu me gâtes, Ocean ! il a crié en s'approchant d'Amber.

Puis il s'est tourné vers moi avec une mine défaite.

– Mais pourquoi tu dis elle ? il a demandé. C'est bien la première fois de toute ma chienne de vie que je vois une jument avec une bite.

– C'est que…, j'ai commencé, penaud.

– J'ai compris, a fait Abner, tu me refiles ta jument de réforme. Merci quand même…

J'avais raté mon effet. Abner a caressé l'encolure de Princess et donné un coup de poing dans le flanc d'Amber comme s'il voulait lui faire payer sa déconvenue.

J'ai tourné les talons et me suis précipité dans mon bureau pour retrouver Tom, mon Tom. Le gosse dormait en chien de fusil, une main sur les yeux pour oublier la bougie qu'Abner avait laissée allumée près de la geôle. Les lueurs et ombres créées par les souffles d'air qui chahutaient la flamme redessinaient son visage. Ils lui tordaient le nez et lui creusaient les joues comme pour exprimer le trouble intérieur qui ravageait le petit bonhomme. J'ai eu envie de le réveiller pour lui raconter mon séjour à Prescott, Texas King qui se curait les dents avec son Bowie et les révélations de Cameron McCulloch. Il n'aurait rien compris mais ça m'aurait fait du bien.

J'ai contemplé Tom un moment. Abner m'a rejoint et s'est assis à côté de moi. Il m'a posé la main sur l'épaule, a craché l'un de ces foutus jets de salive brune et m'a murmuré dans le souffle de son haleine fétide :

– C'est un petit ange, ce gosse. On ne me fera pas croire qu'il est pour quelque chose dans ce meurtre.

– Je n'en ai jamais douté, j'ai répondu dans un haussement d'épaules.

– Toi et moi, non, mais je peux te dire qu'Artie Hackett et Aaron Leyland le croient coupable. Dur comme fer, a repris Abner. Ils se sont mis en tête de le confondre en lui faisant subir un interrogatoire. Ils veulent que tu y participes. Je crains que ce ne soit pas joli-joli, Ocean.

– C'est quoi cette histoire ? j'ai demandé.

À son tour, mon vieux pote a haussé les épaules.

– Je ne sais pas trop ce qu'ils mijotent ces deux-là mais, quand ils sont passés hier, ils ont juré de tout faire pour lui tirer les vers du nez.

Sur ces mots, Abner s'est levé, il m'a remercié à nouveau de lui avoir refilé Princess et a refermé la porte derrière lui.

J'ai allumé ma pipe et j'ai décidé de faire le point. Tout compte fait, ça ne se présentait pas si mal. J'avais un début d'explication, le soutien de Texas King et un nouveau cheval pour parcourir le désert. Mais cette histoire d'interrogatoire m'avait mis les nerfs en pelote. « Tu ne vas quand même pas te laisser pourrir la vie par ces salopards d'Hackett et Leyland, je me suis dit. N'empêche, si le gosse pouvait t'aider à sa manière en expliquant ce qui s'est passé et qui a tué le type, tu gagnerais du temps. Tu clouerais le bec à ces deux bâtards, tu renforcerais ton prestige auprès des habitants de Brewsterville et, surtout, tu assenerais la preuve de l'innocence du gamin. Ça vaut la peine de se donner du mal, Ocean Miller. Alors montre-toi, montre-leur que tu es bien à ta place comme shérif de Brewsterville ! »

J'ai soufflé la bougie en chuchotant : « Bonne nuit, petit Tom. » Je l'ai entendu soupirer, j'ai pris ça pour une réponse. Je me suis enfermé dans la remise et j'ai dessiné des scènes que je voulais soumettre à Tom dès l'aube. J'ai repensé au récit de

McCulloch et à mes rêves de la veille. J'ai couché sur le papier ces images qui avaient défilé devant mes yeux fermés, la nuit, à l'hôtel de Prescott. J'ai d'abord fait une grotte à la bouche sombre avec, plantés devant, deux salopards à la mine patibulaire tenant en respect un homme à genoux. Je me suis appliqué. Je forçais une ride au-dessus des sourcils d'un des tortionnaires. Je noircissais la bouche ouverte du supplicié pour accentuer son masque d'effroi. J'ai eu plus de mal à dessiner la scène où l'un de ces salauds découpait le corps au couteau. J'avais peur de choquer le gosse. Je me suis contenté de montrer un désosseur de dos, appliquant sa lame à la hauteur du coude. Mais je n'ai négligé aucun détail. Ni l'ombre qui soulignait la silhouette massive du bourreau, ni la tête de cheval qui s'invitait au spectacle en pointant son museau dans un coin de la feuille, ni même un vol de corbeaux, haut dans le ciel. Mes dessins avaient de la gueule, vraiment. Ils n'auraient pas juré dans le *Harper's Weekly*, cette feuille prisée des beaux esprits de la côte Est. Jamais aussi bien dessiné de toute ma vie. L'enjeu en valait la chandelle. Mes planches allaient peut-être innocenter Tom aux yeux d'Hackett et de sa clique. Un doigt tremblant du gosse pointé sur un dessin, un hochement de tête approbateur en découvrant un de mes croquis, et je passais à la postérité. Je serais le premier shérif de toute l'Amérique à avoir fait parler un muet par la grâce de son excellent coup de crayon! J'ai dessiné une bonne partie de la nuit. J'ai représenté Tom à genoux, au chevet du mort, les mains sur les yeux, puis tirant le corps démembré entre deux arbres de Josué. Pour être sûr qu'il se reconnaisse, j'ai même reproduit les accrocs et les déchirures de ses habits.

C'est un juron d'Artie Hackett qui m'a réveillé :

– Shérif de mes deux ! Qu'est-ce que tu fous à dessiner quand on te paie pour faire régner l'ordre ? Faut vraiment que je te fasse virer ! Tu n'es plus digne de porter l'étoile par ici, aboyait-il en faisant voler mon œuvre nocturne dans la remise.

– Mais, c'est pour…, j'ai commencé avant de m'interrompre. À quoi bon se justifier auprès d'un fumier qui aurait été capable de partager son souper avec une confrérie de scorpions ? Je me suis levé d'un bond et l'ai fixé droit dans les yeux sans dire un mot. Il a ouvert la bouche comme une vieille interloquée par un malappris. Puis il a repris ses esprits et m'a poussé en arrière. Je me suis écroulé contre le râtelier, les fusils me sont tombés dessus, et il m'a fiché la pointe métallisée de sa canne dans le sternum.

– Tu vas m'écouter, connard ! Tout le monde ricane à Brewsterville avec cette histoire ! il a gueulé. Le shérif Ocean Miller promené par le bout du nez par un gamin… C'est décidé, je prends les choses en main. J'organise moi-même l'interrogatoire de ce morveux et je vais lui faire cracher la vérité. Avec Aaron et moi, il pourra pas finasser longtemps, ton protégé. Je veux savoir pourquoi et comment il a buté ce malheureux. Et ne t'avise pas de faire des difficultés. N'oublie pas que le shérif dépend du maire.

Assis sur le parquet sale, deux fusils sur les guiboles, un autre sur la tête et une canne plantée dans la poitrine, je n'étais pas en situation de faire le malin. J'ai acquiescé, une bonne dizaine de fois, pour qu'il déguerpisse.

– Quatre heures à l'hôtel de ville. T'as intérêt à y être, shérif à la manque ! a ajouté Hackett.

J'ai entendu ricaner dans son dos. C'était cet empaffé d'Aaron Leyland que tout le monde ici appelait le crotale. Comme je le détestais, celui-là ! Suffisait de le regarder pour comprendre à qui on avait à faire : un front fuyant, deux gros yeux ronds, un grand nez terminé par un gland luisant aussi disgracieux qu'indécent, un menton écrasé et cet étrange corps aux épaules tombantes qui paraissait onduler comme celui d'un reptile. Avec une telle allure, le protégé du maire ne pouvait qu'appartenir à l'immense cohorte des enfants de salauds qui prospèrent dans l'Ouest. Pour ne rien arranger, Leyland avait une exécrable voix de fausset et la manie de faire tinter les *s* comme un serpent à sonnette. La perspective de l'avoir dans les pattes pendant cet interrogatoire m'a mis un peu plus les nerfs à vif.

Il me restait une demi-journée pour faire avouer Tom, avec mes mains, mes dessins. Il fallait que je sache ce qui s'était passé quelques jours plus tôt, du côté du Río Perdido.

J'ai ramassé mes feuillets et me suis planté devant mon prisonnier. Tom tentait de venir à bout d'un quignon de pain dur comme du bois qu'Abner avait dû lui servir en guise de petit déjeuner. Il m'a souri. Je lui ai rendu son sourire et j'ai passé la main à travers les barreaux pour lui frotter la tête. Il a frissonné. Je lui ai tendu la boîte de crayons et le carnet à dessins que j'avais achetés pour lui dès mon arrivée à Prescott. Je lui ai aussi donné le pain d'épice que j'avais emporté pour mon voyage. Il s'est jeté dessus et l'a dévoré. « Le pauvre, il a dû crever la dalle », j'ai pensé. J'ai lancé un regard de reproche à Abner, assoupi à mon bureau. Les yeux à peine ouverts, mon vieux pote s'est excusé d'une voix ensommeillée :

– Je lui ai donné en douce ce que j'ai pu, Ocean. De l'eau et du pain, une pomme de terre et même des cerises du jardin de Wendling.

– Pourquoi en douce ? j'ai demandé.

– Mais parce qu'Artie Hackett et Aaron Leyland voulaient que je le fasse jeûner. Disaient que, comme ça, ils arriveraient mieux à lui faire cracher le morceau. Si je leur avais obéi, le gosse aurait le ventre aussi vide que la Paline Vacía.

« Mais qu'est-ce qu'ils ont à vouloir lui mettre le meurtre sur le dos ? » j'ai grogné intérieurement.

– Et quand bien même ce serait vrai, ai-je ajouté à haute voix, qu'est-ce que ça peut bien leur foutre ?

– Bien sûr que le gosse n'a pas fait le coup. Toi et moi, on le sait bien, a dit Abner. Mais aussi longtemps que tu le défendras, Hackett et Leyland prendront le contre-pied, juste pour te mettre sur la touche. C'est leur but. Ils ont pas arrêté de le dire, voulaient sans doute que je te le répète. C'est fait.

J'ai allumé une pipe, bourré celle que j'avais prêtée à Tom, et la lui ai passée avec une paire d'allumettes. Abner a levé les yeux au plafond.

J'ai glissé les dessins à travers les barreaux. Je n'ai pas aimé la façon dont Tom les a inspectés. On aurait dit une préceptrice revêche affligée par la production de ses élèves. Avec les crayons que je venais de lui offrir, il s'est permis quelques retouches. Je me suis demandé pourquoi je me donnais autant de mal pour un gosse qui manifestait une telle condescendance à mon égard. Abner a ricané. Je l'ai fusillé du regard, ça l'a calmé.

Pendant que Tom auscultait chacune de mes planches, je l'observais. Je guettais un trouble, une gêne. Quelque chose qui m'aurait indiqué qu'il revivait son cauchemar à travers les scènes auxquelles ma mine de graphite avait donné vie. Mais le gamin, avec cette pipe au coin de la bouche, se gardait bien de me donner à voir ce qu'il éprouvait au fond de lui. À l'évidence, mes dessins ne lui parlaient pas.

Je ne comprenais plus rien. Comme je le fais toujours quand ma tête s'embrouille, j'ai descendu d'un trait un quart de bouteille de whiskey. J'espérais que ça allait me faire le même effet qu'à une locomotive dont on recharge la chaudière ras la gueule. Sans lever les yeux de la dernière planche, Tom a tendu la main. Et moi, l'imbécile, je lui ai passé la bouteille. Abner a secoué la tête si longtemps que je me suis demandé s'il n'était pas atteint par je ne sais quelle saloperie de maladie nerveuse.

– Tu le fais fumer, tu le fais boire, c'est pas une prison, c'est l'école du vice, ici, il a dit sur le ton qu'aurait pris une bigote indignée.

J'ai regardé Abner de cet air hautain que je prends quand je veux faire comprendre à mon interlocuteur que le chef ici, c'est moi. Abner a rentré la tête dans ses épaules comme un escargot se recroquevillerait dans sa coquille.

J'ai fini par me remettre dans la peau du shérif que j'étais. C'est à ce moment qu'Emily est arrivée, avec une galette de maïs et un petit pot de miel. Tom avait de l'éducation : il a fait disparaître la pipe dans un coin de la geôle et a vidé cul sec le fond de whiskey qu'il s'était versé. J'ai fait signe à Abner de sortir. Je ne voulais pas qu'il assiste à notre engueulade, je pensais qu'Emily m'en voulait d'avoir laissé le gosse se faire coffrer. Elle m'a souri de toutes ses dents et m'a dit :

– Mon nigaud, je sais que tu es juste et que tu ne fais que ton travail, mais avoue que la place de cet enfant n'est pas dans cette cellule.

J'ai opiné.

– J'ai tout raconté au marshal King, je lui ai dit. Il est de mon avis : le gosse n'a pas pu faire le coup. Demain, je partirai avec lui dans le désert pour retrouver l'endroit où le type a été tué. Avec un peu de chance, il y aura un berger ou un prospecteur qui aura vu passer les assassins. M'étonnerait que je les alpague mais, au moins, je recueillerai des témoignages qui pourront innocenter Tom.

J'ai trempé mon doigt dans le pot de miel avant de le faire passer au petit. Un délice que ce nectar du désert. Sa pâte épaisse exhale toute la vigueur de ces pauvresses bleues, blanches ou jaunes qui s'échinent à pousser sur des sols arides. En coulant sur ma langue comme de la lave tiède, le miel emplissait ma bouche de l'arc-en-ciel des senteurs de ces fleurs qui ont triomphé de l'adversité. Martyrisées par la sécheresse des plaines du Mojave, les asters et les phacélies font de leur mieux pour assurer leur descendance. Comprenez donc que j'exècre cette manie des jeunettes de Brewsterville qui, au printemps, parcourent le désert pour y cueillir des brassées de fleurs sauvages condamnées à mourir sitôt arrachées. Savent-elles ce qu'il faut de vigueur et de courage à leurs victimes pour se cramponner par les racines à un sol ingrat balayé par un vent sec et chauffé par un soleil de feu ?

Parfois, quand je chemine seul, l'envie me vient de leur rendre hommage. Je descends de cheval et les caresse en effleurant la soie de leurs pétales de ma paume. Je leur parle et leur donne même un baiser en posant mon nez sur leur calice. Par chance, personne ne m'a jamais vu faire. Si Hackett et Leyland m'avaient surpris à quatre pattes le nez sur une fleur, ils auraient trouvé là de bonnes raisons pour m'arracher mon étoile de la poitrine et me coffrer dans ma propre geôle !

Emily a pris soin de Tom. Après lui avoir mouillé les cheveux, aplati l'épi rebelle qui se prenait pour une plume d'Indien à l'arrière de son crâne, elle a tiré sur sa chemise couleur de maïs et nettoyé deux taches sur son pantalon. Elle m'a fait promettre de passer la voir après l'interrogatoire. J'ai senti comme une bouffée de chaleur en pensant qu'on allait peut-être à nouveau faire l'amour. « Ce n'est vraiment pas le moment de songer à la gaudriole, tu ferais mieux de penser à sauver le petit », je me suis aussitôt rabroué. Le moment venu, nous nous sommes mis en route avec Tom et Abner.

Dans la rue écrasée de chaleur, les chalands nous regardaient avec cet air grave qu'ils accordent aux sentenciés en route pour la potence. Je n'ai pas aimé. Pas aimé non plus le comité d'accueil devant l'hôtel de ville. Les membres de la clique d'Hackett, bras croisés, nous toisaient de leur regard noir. J'ai jeté un coup d'œil à Tom. Il leur souriait. Il leur distribuait même des saluts de la main comme s'il était un intime. Avec leurs chemises claires et leurs pantalons sombres, ils m'ont évoqué des vautours attendant que des carnassiers leur abandonnent la dépouille du gamin.

– Si jeune et déjà assassin, si c'est pas dommage..., a soupiré Seth Howard, le gros plein de soupe qui officiait comme fondé de pouvoir à la Settler's Bank of Arizona.

J'ai craché à ses pieds. Abner a voulu m'imiter mais le jus noir de sa salive s'est répandu en une longue balafre sur le pantalon gris du banquier. La tête de poire de Seth a viré au rouge. Tom n'a pas pu s'empêcher de le saluer avec déférence, sans doute à cause de sa tenue : Seth était le seul à porter un melon, un costume et une cravate. Le gamin avait dû appartenir à la haute, il réservait ses saluts les plus appuyés aux gens bien mis.

Artie nous attendait à l'étage. Aux murs de son bureau, une tenture rouge sang, au sol, des tapis bigarrés. Sur les deux guéridons et la console, une ribambelle de bibelots imbéciles, une Sainte Vierge mexicaine, un tomahawk avec, comble du mauvais goût, les armes de l'U.S. Cavalry gravées sur le manche, une tête de lynx dont les yeux de verre s'étaient fait la valise, deux ou trois médailles honorifiques et un compas rappelant l'appartenance maçonnique du maire. Aaron Leyland se tenait à ses côtés, dos au mur, avec un sourire vicelard.

Assis face à Artie Hackett, qui trônait derrière son bureau, se tenait Matthew, l'idiot de Brewsterville, que sa famille partie chercher fortune en Californie nous avait laissé en souvenir de son court passage. Ça m'a surpris. Abner aussi. Un pauvre gosse, ce Matthew. Âgé de dix-neuf ou vingt ans, il était affublé de tares sévères. Éborgné par son père qui lui avait aussi cassé une demi-douzaine de dents à coups de poing, il était de surcroît paralysé du côté gauche. Il traînait sa carcasse en lançant sa jambe valide, tout en oscillant son buste, pour faire contrepoids. Je ne m'attarderai pas sur son visage ingrat, cisaillé par une bouche béante d'où coulait du matin au soir un filet de bave. Les adultes l'ignoraient, les gosses le moquaient. On était quelques-uns à prendre soin de lui. Le révérend Sheppard lui avait ménagé une couche dans un boxe de son écurie en échange du récurage hebdomadaire de l'église, Emily et Abner lui donnaient sa pitance. Warner, l'épicier, lui refilait les fruits pourris et les biscuits moisis qu'il ne parvenait pas à écouler. Moi, je gourmandais les gamins qui lui jetaient des pierres.

– Que fait-il ici ? j'ai demandé à Artie d'un air soupçonneux.

C'est le Dr Berwyn que je n'avais pas vu rentrer à notre suite qui m'a répondu.

– On va se livrer à un interrogatoire d'un genre un peu spécial, Miller. Et c'est ce résidu de fausse couche qui va tenir le rôle du macchabée.

– Vous n'allez quand même pas le tuer ! s'est indigné Abner. L'a beau être secoué, c'est un des nôtres, non ? C'est bien ce que vous rappelle souvent le révérend dans ses prêches quand il dit qu'on doit tous s'aimer, quelles que soient nos différences.

Artie Hackett, Aaron Leyland et John Berwyn sont partis dans un grand éclat de rire. Seth Howard aussi. Mal lui en a pris. L'autre jambe de son pantalon a reçu de plein fouet un nouveau jet brun de la bouche en furie de mon vieux camarade. À son teint cramoisi, j'ai pensé que le banquier allait nous faire une crise d'apoplexie. Le Dr Berwyn a lissé sa moustache et nous a expliqué qu'il allait demander à Tom de simuler sur Matthew les gestes funestes dont il était accusé. J'étais horrifié.

– Et s'il le pique pour de vrai ? a encore soufflé Abner avant que je lui flanque un coup de coude dans les côtes.

– Eh bien, ça prouvera que le gosse est coupable, a répondu Hackett. Nous le jugerons et le ferons pendre.

Les autres ont opiné. Le visage d'Abner est devenu blanc comme linge. Moi, j'étais interdit. J'ai bien tenté d'ouvrir la bouche mais le mutisme de Tom m'avait gagné. Aaron Leyland a senti mon trouble. Il a ricané en entrouvrant sa gueule de serpent.

– Ce… Ce ne sont pas des méthodes, j'ai bredouillé.

– Ce sont les nôtres et elles valent bien celles d'un shérif incompétent et poivrot, a sifflé Leyland.

J'ai encaissé le coup comme si je venais d'en prendre un direct à l'estomac.

– En tant que médecin diplômé de la faculté de Boston, je n'ai rien contre l'emploi de cette méthode inédite, a commenté le doc de sa voix de faux-cul de la côte Est. Ce sujet étant sourd et muet, ou feignant de l'être, c'est la seule façon de lui faire avouer un crime abject qui ne saurait rester impuni.

– Mais pourquoi tenez-vous à ce qu'il soit coupable ? j'ai dit en écartant les bras.

– Mais parce qu'il l'est, bougre de coyote galeux ! s'est emporté Hackett en tapant du poing sur son bureau, au grand dam de la ballerine en porcelaine qui s'est étalée dans le cendrier. Il avait du sang plein sa vareuse, c'est pas une preuve, ça ? Et il a traîné le cadavre pour le planquer loin de son forfait, c'en est pas une autre, ça ?

– Un shérif n'a pas vocation à innocenter les coupables mais à les confondre, a dit le Dr Berwyn en pointant mon étoile de son indcx.

– Je concède que l'aveu que nous espérons recueillir ne révélera pas le mobile du meurtre, a poursuivi Seth Howard en effectuant deux gracieux pas chassés afin de se soustraire à une nouvelle giclée vengeresse d'Abner. Mais au moins, il paiera pour ses horreurs…

– Et comment pensez-vous le confondre ? j'ai rétorqué.

– Scientifique, de manière scientifique et donc irréfutable, a lancé le doc en se balançant d'un pied sur l'autre comme un gamin pris d'une furieuse envie de pisser.

Abner s'est laissé tomber dans un fauteuil en velours mauve, provoquant un couinement qui a arraché un sourire sardonique à Leyland, toujours collé au mur comme un serpent à un rocher.

– Je ne suis peut-être pas malin mais vous tous, vous êtes aussi azimutés que des antilopes en chaleur ! a grondé mon vieux complice.

Puis il s'est levé d'un bond. Nouveau couinement du fauteuil, de soulagement cette fois, et nouveau rictus dédaigneux du crotale.

– Foi de Drinkwater, ce gosse est innocent ! Ça se voit dans ses yeux ! il a gueulé.

Abner a pris le visage de Tom par le menton et l'a tourné vers ses accusateurs en criant : « In-no-cent ! » Le gosse les a de nouveau salués un à un. La preuve qu'il ne comprenait rien à cette pièce dont on lui faisait tenir le premier rôle.

– Suffit ! a coupé Hackett en se redressant, les poings sur son bureau. – Les autres se sont mis au garde à vous. – On y va !

À ce moment, je me suis senti lâche. J'aurais pu invoquer que, n'en déplaise au maire, je demeurais l'homme de loi à Brewsterville. J'aurais pu pointer mon arme sur eux ou leur ordonner de se tenir loin de cette histoire. Mais, malgré l'émotion qui me submergeait, l'îlot de raison qui surnageait en moi m'a rappelé qu'en position d'infériorité, il faut toujours composer avec l'adversaire. Le gosse m'a encore souri. Abner, lui, m'a fusillé du regard. J'ai fixé les pointes de mes bottes et je me suis ratatiné dans mon fauteuil.

Leyland a saisi Matthew par le bras et l'a agenouillé sur le tapis. Sa liquette crasseuse et trempée de sueur s'est déchirée à hauteur du col. Abner s'est levé d'un bond. J'ai compris qu'il voulait frapper le crotale. Je l'ai saisi au vol et l'ai conduit vers la porte en lui murmurant à l'oreille que tout se terminerait bien pour Tom. Il a dû sentir que je n'étais pas sûr de moi parce qu'il a haussé les épaules. En ouvrant la porte, je suis tombé nez à nez avec cette armoire de Caleb Dixon, un bon à rien qui partageait son temps entre les petits trafics pour le compte de Leyland et la chasse à l'antilope dans la Paline Vacía. On le surnommait le sanglier parce que ses dents du bas pointaient à travers sa moustache tombante. Dixon portait le cadavre d'un pronghorn[1] sur ses épaules. Il l'a jeté sur le tapis, aux pieds de Tom. Le gosse a sursauté. J'ai vu dans son regard qu'il était effrayé.

– On y va! a repris Hackett en frappant dans ses mains.

La suite, j'en frissonne encore. Aaron Leyland a d'abord glissé son six coups dans la paume du gosse et a posé le canon sur la tempe de Matthew. Tom tremblait tant que le colt est tombé de sa main. J'ai pu voir que le barillet était plein. Leyland l'a ramassé et a voulu le redonner au gamin, mais le maire a fait non de la tête. Alors il a tendu un long couteau à Tom, l'a forcé à l'empoigner et a dirigé son bras armé sur la nuque de Matthew. Le blondinet roulait des yeux effrayés. Sa main tremblait. La tête du benêt aussi. Leyland n'en avait cure et lui répétait : « Vas-y petit, vas-y donc! » Le Dr Berwyn tirait sur sa moustache à s'en déformer la bouche. Seth Howard avait viré au vert pâle. Je lui ai jeté un regard dépité. Il a levé des yeux effarés sur le lustre en verroterie multicolore qui s'exhibait au plafond après une longue carrière dans un bordel de Los Angeles. J'ai pensé que j'étais en train de gagner un allié.

1. Antilope américaine également appelée antilocapre.

Quelques gouttes de sang ont roulé dans la nuque sale et piquée de boutons de Matthew. Tom faisait son possible pour résister à la pression qu'exerçait Leyland sur son bras. Il avait la bouche grande ouverte, comme s'il avait voulu crier. Des larmes coulaient sur ses joues. J'étais horrifié, mais bien décidé à surmonter mon effroi dans l'espoir de savourer la victoire de mon bon sens sur l'acharnement cruel et imbécile de mes contradicteurs.

Soudain, le couteau a volé et s'est fiché dans un tapis. Tom s'était défait de l'étreinte de Leyland.

– Ben dites donc, il en a de la force ce petit salopard! a-t-il dit. Assez pour égorger un adulte et le démembrer, je vous assure.

Le doc a acquiescé. Tom a voulu s'enfuir. Leyland et Dixon l'en ont empêché. Il m'a imploré du regard. J'ai soudain trouvé beaucoup d'intérêt à cette tête de lynx qui trônait sur la console. Si j'avais pu me cacher dans sa gueule ouverte pour échapper aux prunelles de mon protégé, je l'aurais fait sur-le-champ.

– Pas très concluant, a soufflé Seth Howard en s'épongeant le front.

Artie Hackett a pris un air pincé. « Touché », j'ai pensé.

– Je vous le concède, a opiné le doc. Dans la situation où nous l'avons mis, ce gosse, s'il avait été possédé, n'aurait pas résisté à la tentation d'enfoncer son couteau dans la chair de ce pauvre Matthew. Mon cher Artie, nous ne tenons donc là aucune preuve.

– Passons à la suite, s'est énervé Hackett en remettant d'aplomb sa stupide ballerine en porcelaine.

J'ai regardé Tom. Lui qui était d'habitude si guilleret semblait aussi triste qu'une bouteille vide.

Dixon a étalé le cadavre de l'antilope sur une bâche, a aiguisé son Bowie et en a calé le manche dans la main de Tom. Le gosse a fait non de la tête. Pour l'avoir imité, Matthew, qui épongeait sa nuque ensanglantée, a reçu de Leyland un coup de genou qui l'a fait rouler au sol.

– Dégage, vermine! lui a-t-il intimé.

Le malheureux s'est relevé comme il a pu avant de claudiquer jusqu'à la porte. J'avais mal pour lui. Et honte aussi. Honte de ne pas intervenir. Mais, alors qu'on venait de marquer un point, je ne voulais pas prendre le risque de la ramener. Dixon s'est agenouillé près de la bête aux côtés de Tom que Leyland serrait au cou. En un tournemain, il a ouvert le cuir du pronghorn à hauteur du genou, sectionné la chair et les tendons et arraché la patte qu'il a brandie comme un trophée. Hackett, le crotale et le doc ont applaudi comme s'ils voulaient faire croire à Tom qu'il s'agissait d'un jeu. Pas Seth, que je sentais peu à peu glisser dans mon camp.

– À toi, petit. Montre-nous ce que tu sais faire, a grondé Dixon de sa voix d'ogre.

Tom m'a regardé. Je lui ai décoché un sourire que je ne me connaissais pas, timide et gêné. J'aurais dû lui dire non mais j'ai fait oui de la tête. Sa main tremblait, de la sueur perlait sur son front et ses tempes. J'ai fait signe à Leyland de lâcher le gosse. Hackett a paru l'approuver. J'ai regardé Seth Howard. Il m'a semblé que la peau de ses joues tournait au bleu. Il s'éventait avec son melon. En attendant la prochaine couleur, je me suis dit que je tenais maintenant un allié solide.

Tom restait interdit avec son couteau dans la main. Dixon a découpé une autre patte, tout aussi vite que la première, et comme Leyland l'avait fait un peu plus tôt, il a saisi le bras du petit pour le guider jusqu'à la jointure d'une patte arrière. Tom a inspiré profondément et s'est lancé. Il a entaillé la peau, fait le tour de l'os en découpant le muscle, et sectionné net les tendons qui rattachaient les deux os.

Un murmure approbateur a parcouru le bureau du maire.

– Il est fait ! Nous tenons notre preuve. C'est lui qui a désossé et donc certainement tué le malheureux gars ! a triomphé Leyland.

Dixon plastronnait et Hackett avait retrouvé son sourire.

– Voilà, soi-disant shérif, comment on mène une enquête rondement. J'aimerais que tu déguerpisses de Brewsterville avant le procès. Et s'il te prenait l'idée de rôder par ici, le shérif Leyland pourrait te régler ton compte.

Le crotale a fait mine de me viser avec son colt. J'étais anéanti. Ce n'étaient pas les menaces de ces deux abrutis qui m'accablait, mais bien le simulacre d'enquête auquel je venais d'assister. On tenait Tom pour coupable parce qu'en élève appliqué il avait, sous la contrainte, reproduit les gestes que Dixon avait accomplis sous ses yeux.

C'est Seth Howard qui a volé à mon secours. Il avait maintenant un teint jaunâtre que je ne lui avais jamais connu. Comme s'il était sur le point de dégueuler.

– Artie, Aaron, je ne peux pas cautionner une telle pantomime. Tout cela ne prouve rien. Même mon fils de douze ans sait découper le gibier quand un client nous en ramène. On ne peut pas lui faire porter le chapeau au prétexte qu'il est parvenu à imiter Dixon. Et vous semblez oublier qu'il a tremblé comme une feuille quand il s'est agi de piquer Matthew. Au pire, il a peut-être raccourci un cadavre mais, pour sûr, il ne l'a pas tué. C'est mon intime conviction et, si ce n'est pas la vôtre, je vous demande de vous y tenir au nom de ce principe mille fois enseigné dans les cours de justice des États-Unis d'Amérique : « Dans le doute, abstiens-toi. »

Ce type que je croyais fat et pleutre a fait un grand bond dans mon estime. J'en ai même voulu à Abner d'avoir souillé son pantalon. Quand il s'est tourné vers moi, je suis resté impavide. Je ne voulais pas laisser craindre à Artie Hackett que je tenais un allié en Howard.

Ce dernier a reçu le renfort inattendu du Dr Berwyn. À son tour, au terme de circonvolutions oratoires émaillées de termes techniques imprononçables et jalonnées de formules ampoulées, il a fini par dire qu'il ne pensait pas le gosse coupable et recommandait à ses « chers amis » de me laisser poursuivre mon enquête.

Artie Hackett a échangé des regards sombres avec le crotale et le sanglier. Un long silence s'est écoulé pendant lequel nos regards se sont évités. C'est le tintement des verres qui m'a ramené à la réalité. Hackett avait sorti une pleine bouteille d'Old Cask Bourbon, un de mes préférés.

– Seth a raison, a dit le maire en servant le whiskey. On n'a pas assez d'éléments pour accuser le gosse. Qu'Ocean continue sa putain d'enquête et nous ramène enfin des indices et des preuves. Et, au cas où le gosse ne serait pas l'assassin, que celui qui est encore le shérif de cette ville nous trouve enfin ce nom de Dieu de coupable ! La seule chose que je vous demande, Miller, c'est que le gosse passe ses nuits à la geôle.

J'ai acquiescé d'un petit oui, modeste et timide, comme si je venais de perdre la partie. J'étais tourneboulé par la volte-face du maire. Ce jour-là, malgré mon âge avancé, j'ai encore appris quelque chose d'utile : pour gagner un combat difficile, mieux vaut faire croire à ses adversaires qu'on est en train de perdre et s'en remettre à la providence. Il arrive que celle-ci soit juste.

Tom m'a jeté un regard de reproche en fixant mon verre plein à ras bord. Il n'avait pas conscience que sa vie venait de se jouer et voulait aussi être de la fête. J'ai froncé les sourcils. Pas question de lui verser ne serait-ce qu'un fond de dé à coudre. Hackett, Leyland et Dixon, sans oublier ce père la morale de Berwyn, lui seraient tombés dessus en jurant qu'il était déjà habité par le vice. « Et pourquoi pas une pipe pendant que tu y es ? », je lui ai dit avec mes yeux en sortant la mienne de ma poche. Il a pigé. Ça l'a vexé, il a craché par terre. J'ai pensé qu'Abner avait une mauvaise influence sur lui.

6

Sous les étoiles

Je n'ai pas de bons souvenirs de Griffith Hill, cette colline pelée qui doit son nom à un entomologiste anglais qui y traquait les scorpions. Dans le temps, j'y avais abattu deux Indiens hualapais, de pauvres bougres qui avaient rançonné un prospecteur dans le canyon du Río Perdido. Morts pour avoir volé deux fusils antédiluviens, un cheval en fin de vie, un demi-jambon moisi et trois gallons de tord-boyaux infâme que je n'aurais jamais consenti à boire, même sous la contrainte d'une arme à feu. Je n'étais pas fier de les avoir zigouillés. J'avais tout essayé pour leur sauver la peau : des signes de la main, des tirs de sommation, l'ordre de se rendre, en anglais, en espagnol et même dans leur langue, mais ils étaient trop ivres pour comprendre. Le plus grand a vidé le barillet de son colt sans jamais m'atteindre. L'autre, un courtaud qui boitait bas, a ébréché une pierre à quatre pieds de moi. Pas de quoi me faire trembler, mais comme je tenais plus à ma peau qu'à la leur, j'ai tiré. Et j'ai fait mouche. Dans le front pour le premier, dans la poitrine pour le second.

Brewsterville m'a salué en héros quand j'ai remonté l'avenue avec les cadavres ficelés sur leurs chevaux. Hackett, qui m'aimait bien à l'époque, a offert une tournée générale en mon honneur, et les clients du saloon m'ont applaudi comme si je venais de terrasser un dragon à deux têtes. La belle affaire pour des crève-la-faim qu'une rouste et quelques mois en prison auraient suffi à remettre sur le droit chemin. Mais les gens par ici détestent les Indiens. Le maire et moi, on a eu toutes les peines du monde à dissuader la foule de pendre les cadavres au grand pin à l'entrée du village. Hackett parce qu'il trouvait que ça aurait fait mauvais genre, moi par charité pour l'âme de ces pauvres types.

Abner les a enterrés dans une fosse sans nom, pas loin de la porcherie de Colley qui avait proposé, sans rire, de les donner en pâture à son verrat. J'ai aidé à les mettre en bière et à les porter en terre. La nuit qui a suivi, je me suis vidé par les deux bouts comme si je voulais me purger du mal fait aux deux Hualapais.

Le lendemain, je suis allé me recueillir sur le crâne chauve de Griffith Hill. J'ai amassé des pierres en monticule et planté un écriteau sur lequel j'avais inscrit à la chaux : « Que le Tout-Puissant prenne soin de l'âme des deux égarés qui ont péri en cet endroit. » La pluie, le soleil et le vent ont effacé mon épitaphe depuis des lunes. Mais chaque fois que je passe dans ce coin perdu, sur ma route vers le Río Perdido, je souhaite aux esprits des Hualapais une bonne journée.

Tom a dû sentir que mon cœur se serrait. Il a soulevé son chapeau et a fermé les yeux. Ça m'a fait un choc.

– Comment sais-tu ? Tu connaissais ces pauvres types ? je lui ai demandé, le souffle court, avant de me rappeler qu'il était sourd comme un pot.

Les yeux clos, il semblait se recueillir. Mes oreilles se sont mises à bourdonner. Comment ce gosse venu de nulle part pouvait-il connaître une histoire dont seuls les habitants du comté avaient eu vent ? Il a sauté de Princess et a marché jusqu'à l'amas de pierre devant lequel il s'est agenouillé. Tout s'est embrouillé dans ma tête. Je me suis enfilé une rasade de whiskey pour me remettre d'équerre. À mon tour, j'ai sauté de cheval et j'ai titubé jusqu'à lui. Je me suis laissé tomber à genoux à ses côtés. Il chialait en se signant. Alors, je me suis signé moi aussi. Mais j'ai dû m'y reprendre à trois fois avant d'y arriver dans le bon sens, tout en murmurant « le Père, le Fils et le Saint-Esprit » comme j'avais vu des mineurs irlandais le faire devant le cadavre d'un des leurs, écrasé par un éboulis devant la bouche d'un filon d'argent de Mesa Blanca.

Dieu que je me sentais bizarre ! Il s'en est fallu de peu que je n'explose en sanglots, moi qui n'ai pas pleuré une larme depuis plus de quarante ans ! Et Tom qui n'arrêtait pas de chialer et de se signer… J'ai dû assister à une bonne quarantaine de funérailles de chrétiens. Des catholiques et des baptistes mais aussi des luthériens, des presbytériens, des méthodistes et même des mormons. J'ai fait mon possible pour me rappeler une de leurs prières. En vain. Je me souvenais, en revanche, de celle prononcée par le rabbin Schulmann à l'enterrement de ma mère. Lorsque les versets du kaddish[1] se sont assemblés dans mon esprit comme les wagons d'un convoi de train, je les ai récités. « Que le Roi des rois dans sa miséricorde les abrite à l'ombre de ses ailes et dans le secret de sa demeure afin que ces deux-là contemplent les délices de l'Éternel et résident dans son sanctuaire. Qu'à la fin des temps il les relève et les abreuve au fleuve de ses délices ; que leur repos soit digne ; que l'Éternel soit leur héritage ; qu'il en soit ainsi, et disons amen ! » Les yeux humides, le gosse m'a regardé et a hoché la tête

1. Prière des Juifs pour les défunts.

comme un père à son gamin qui aurait bien récité sa leçon. Une fois de plus, je me suis demandé qui, de lui ou de moi, était l'enfant. Fallait vraiment que j'aime ce diable de prétentieux pour ne pas lui claquer une pichenette derrière l'oreille.

Il s'est signé une dernière fois, s'est relevé et a couru jusqu'à Princess qui a paru le féliciter d'un ample mouvement de tête.

Le soleil était déjà au zénith. On s'est arrêtés chez Cameron McCulloch, dont la vingtaine de brebis faméliques colloquaient dans un corral déglingué. J'ai vite compris pourquoi il ne les avait pas conduites à sa pâture. Le berger était assis près du puits, le visage tuméfié et la jambe bandée. À ses côtés, Jack, son rouquin de fils, n'était pas en meilleur état. De grandes zébrures sombres marbraient sa poitrine nue et il avait un bras en écharpe.

– Le crotale, le sanglier et les scorpions nous sont tombés dessus, a geint le vieux. M'ont cassé la jambe et ont déboité l'épaule de Jack.

– Et nous ont bien pété six dents à deux, les salauds, a renchéri le fils, de sa bouche boursouflée.

Les mouches volaient en nuages autour de leurs visages croûtés. Tom a sauté de cheval, a déchiré en lanières sa chemise de rechange et entrepris de nettoyer les plaies des deux malheureux avec l'eau du puits avant de refaire leurs bandages. Il avait des gestes précis et sûrs. Je n'en revenais pas. Le fils d'un toubib, sans aucun doute, je me suis dit. Moi, j'ai remis en place l'épaule de Jack, comme je l'avais vu faire sur les champs de bataille pendant la guerre civile. Je l'ai couché sur le ventre et lui ai donné un coup de genou dans le dos tout en tirant son bras vers moi. Ses os ont craqué comme la coque d'un vieux rafiot. Douloureux mais efficace. Jack m'a béni au moins trois fois pour ma bonne action.

– Le crotale nous tenait en respect avec son colt pendant que le sanglier et les scorpions nous bastonnaient, soufflait Cameron McCulloch en tendant une main tremblante vers la gourde de whiskey qui pendait à ma ceinture.

Les scorpions, les bien nommés. Des jumeaux, mauvais comme ces saloperies d'insectes. Je les avais coffrés un certain nombre de fois pour toutes sortes de vilenies. Malgré leur jeune âge, vingt ans à tout casser, ils détenaient un palmarès long comme une queue-de-cheval. Ils avaient éventré le chien de Wendling et riaient de le voir se prendre les pattes dans ses boyaux, ils avaient roué de coups des gamins qui rentraient de la messe, culbuté une cuisinière mexicaine et laissé pour mort son mari qui tentait de s'interposer. Et je ne compte pas les fois où ils avaient lancé des pierres sur le pauvre Matthew. Sans l'intervention de leur protecteur, Aaron Leyland, je les aurais expédiés à la prison de Prescott. Le crotale les avait pris à son service. Pour lui, les frères Tyler convoyaient des armes, du whiskey et des putes de l'autre côté de la frontière.

– Ils ont fait ça pour rire? j'ai demandé aux McCulloch en leur tendant ma gourde.

– Pas cette fois, a répondu Cameron. Ils nous ont cuisinés pour savoir où l'Anglais avait pu cacher la cassette d'or des Matevilya.

– Tu as été assez stupide pour leur en parler? je lui ai demandé.

D'un air dépité, Cameron a tourné la tête vers son fils.

– C'est moi, l'autre soir, a bredouillé Jack. M'ont payé à boire encore et encore, et ma langue s'est mise à parler toute seule.

Z'ont rappliqué ce matin à l'aube et nous ont battus comme plâtre parce qu'on ne leur disait pas…

– …ce qu'on ne sait pas, bougre d'imbécile! a coupé sèchement le père. Ton crâne est tellement petit qu'il ne pourrait même pas servir de buvette à un canari.

Tout amoché qu'il était, ce vieux Cameron McCulloch ne perdait pas le sens de la métaphore. Il voulait sûrement garder ses informations au frais pour aller tenter sa chance quand plus personne ne s'intéresserait au magot…

Tom n'en finissait pas de me surprendre. Voilà qu'il entreprenait de fabriquer une atèle pour la jambe cassée de Cameron avec une planche prélevée sur le corral et des lanières découpées dans une peau de mouton qui séchait contre un pan de mur. Un toubib expérimenté n'aurait pas été plus efficace. Il m'a fait signe de lui venir en aide. J'ai soulevé la jambe du vieux qui a couiné si fort que mes cheveux se sont dressés sur ma tête. J'ai eu droit à un regard réprobateur de Tom. Il a consolé Cameron en épongeant son front en nage avant de lui faire avaler les deux dernières gorgées que contenait encore ma gourde. J'ai regretté de ne pas les avoir bues.

– Votre Anglais, il lui ressemble? j'ai fait en pointant mon menton vers Tom. Le gosse pourrait être son fils?

– L'était blond, lui aussi, et plutôt petiot, a acquiescé Jack.

– Mais il avait le visage aussi allongé qu'une navette à laine alors que le morveux, il l'a carrée comme un dé, a corrigé Cameron dans une grimace de douleur. Et, comme je vous l'ai dit à Prescott, shérif, il était seul quand il est passé nous voir.

L'après-midi a filé. Le soir, on a mangé du mouton faisandé et des fayots sans goût. Tom a préféré le bacon et le pain que j'avais emportés. Après avoir manqué de m'asphyxier en y pénétrant, j'ai refusé l'offre des McCulloch de dormir dans la cabane qui leur tenait lieu de logis. Il y régnait une puanteur épouvantable, mélange d'urine de mouton, de crasse humaine et de peaux moisies. Tom et moi, on s'est installés à l'écart du corral. J'ai répandu du pétrole autour de nous pour dissuader les serpents de venir se réchauffer sous nos couvertures. Le gamin s'est endormi aussitôt. Moi, j'ai croisé les mains derrière la nuque et je me suis mis à converser avec les étoiles.

J'avais besoin de cette intimité avec le firmament. Le secours d'un astre lointain me serait précieux. J'ai avisé une étoile au hasard, comme toujours. Je l'ai baptisée Morphée parce que j'étais sûr qu'une fois mes troubles dissipés, elle me fermerait les yeux et que je dormirais comme un opossum.

– Je suis pris dans un drôle de bousin, je lui ai expliqué. Ce gosse, là, à côté de moi, se trimballait dans le désert avec un macchabée démembré. Le maire de Brewsterville l'accuse du meurtre, mais je suis persuadé qu'il n'y est pour rien. Mon supérieur, le marshal Texas King, aussi. J'ai intérêt à comprendre ce qui s'est passé dans la Paline Vacía sans quoi ma carrière de shérif est derrière moi. Si je pouvais avoir quelques lumières de ta part, ma petite Morphée, je te l'avoue, ça m'arrangerait.

J'ai pris un éclat un peu plus vif pour un acquiescement de sa part.

– Ce n'est pas tout, j'ai poursuivi. Faut que je te parle du gosse. Sourd et muet, pour tout arranger. Je pense qu'il est de la haute. Son père, vraisemblablement le cadavre qu'il traînait dans le désert, devait être un artiste, un savant, un toubib. Un Anglais, à en croire les McCulloch. Mais, rapport à son mutisme, je n'arrive pas à lui faire cracher le morceau. On dirait qu'il cherche à effacer le drame de sa mémoire. Un peu de secours de ta part me sauverait, Morphée.

Évidemment, l'astre s'est montré aussi causant que Tom. Avant de sombrer dans le sommeil, j'ai pris quelques décisions. Primo, aller à la rencontre de tous les rats à face humaine qui, comme les McCulloch, tentent de survivre dans le désert, afin de recueillir des témoignages qui me mettraient sur une piste ; secundo, me rendre avec le petit dans les montagnes Matevilya et les inspecter de fond en comble, à la recherche d'indices qui pourraient assurer aux bonnes âmes de Brewsterville que les coupables n'avaient plus que quelques heures de liberté devant eux avant que le shérif Miller leur mette le grappin dessus ; tertio, me répéter dix fois, cent fois l'histoire, vraie ou fausse, que j'essaierais de faire avaler à Texas King afin qu'il la cautionne et fasse en sorte que ce porc d'Artie Hackett me lâche enfin les basques.

Quand j'ai ouvert les yeux, à l'aube, j'ai cru que mes fantômes m'avaient encore joué un tour. Je n'en revenais pas. Tom, son calepin sur les genoux et son crayon à la main, dessinait les collines au loin et le soleil qui les inondait. Du noir et du gris sur du blanc pour illustrer les pourpres et les ors du soleil levant, quelle drôle d'idée ! J'ai jeté un coup d'œil.

– Magnifique ! je n'ai pas pu m'empêcher de crier en découvrant sur le rectangle de papier la plaine piquée de bouquets d'armoise et de créosote qui s'étendait devant nous sous un ciel naissant.

Drapés de noir, les mamelons à l'horizon semblaient attendre que le soleil les inonde en effaçant les écharpes de brume. Tom m'a décoché un grand sourire en me montrant son index au bout noirci. Il s'en était servi pour fondre les traits qui silhouettaient les collines et les bosquets.

– D'où tiens-tu ce bon Dieu de talent ? je lui ai demandé.

Pour toute réponse, je n'ai reçu qu'un nouveau sourire et une tape dans le dos. Il est parti en courant vers le corral près duquel il s'est assis pour dessiner une brebis et son petit sous le regard interdit de Jack. Cameron et moi, on s'est accroupis autour de la gamelle de fayots froids et de notre cafetière de jus pisseux. On ne lâchait pas des yeux notre artiste. Puis il a ausculté ses mains crevassées aux ongles ourlés de demi-lunes noires et m'a dit :

– Si ces putain de paluches savaient faire naître de telles merveilles, je partirais en Californie et je dessinerais le Pacifique, que je n'ai jamais vu, à longueur de journée. Fini les agnelages en pleine nuit, le fanage sous le cagnard et les tombereaux de fumier qui me cassent le dos.

Je n'ai rien trouvé à répondre à Cameron.

Des cris horribles m'ont soudain déchiré les oreilles. Près des latrines, Jack s'apprêtait à égorger un mouton de son seul bras valide. La lame de son couteau n'avait pas encore pénétré les chairs du sacrifié mais les hurlements de ce dernier exprimaient déjà son effroi. J'ai beau me dire que les animaux que l'on tue en quelques secondes souffrent moins que les humains emportés par des maladies cruelles, je déteste les entendre hurler à la mort. J'ai tout de suite pensé à Tom et l'ai cherché des yeux. Je ne voulais pas qu'il assiste à ce sinistre spectacle, il avait déjà eu son compte d'horreurs.

Le temps que je tourne la tête, mon protégé était déjà aux côtés de Jack qui peinait à accomplir sa besogne. J'ai craint que le gamin ne s'en prenne à lui pour sauver la vie du mouton. Les

McCulloch l'enverraient bouler, nous serions obligés de déguerpir comme des malpropres… Je me suis levé pour courir vers eux, mais je me suis arrêté net en voyant Tom plonger le couteau dans le cou de l'animal dont les cris tenaient à la fois du cochon qu'on saigne, du chat dont on coupe la queue et du lapin qu'on vient d'éborgner. Une cacophonie insupportable. J'ai mis mes mains sur les oreilles. Cameron a éclaté de rire :

– Sensible avec ça, le shérif! Mais c'est pour son bien et le vôtre. Le sien parce qu'il s'est cassé une patte pendant la nuit en essayant de sauter le corral, le vôtre parce que ce soir, pour le souper, vous pourrez faire griller une bonne épaule de mouton McCulloch.

J'ai intimé à Cameron de la fermer. Il s'est exécuté.

Après lui avoir délicatement découpé la tête, Tom a écorché la bête d'une main sûre, l'a éventrée avec la dextérité d'un abatteur, et a offert les viscères aux chiens. D'un geste précis, il a détaché les pattes avant puis les pattes arrière à la hauteur des jointures. Aussitôt, j'ai transposé la découpe du mouton par celle du macchabée. Je l'ai imaginé en train de raccourcir le corps inerte du type qu'il venait de tuer. Tout s'effondrait. Et dire qu'avec l'aplomb des braves sûrs de leur fait, j'avais répondu de son innocence devant ceux qui l'accusaient. Même cette mule d'Hackett avait fini par se laisser convaincre en mettant cette affaire sur le dos des Hualapais. Maintenant, je comprenais que ce qu'il venait d'accomplir avec la bête, Tom avait pu le faire quelques jours plus tôt avec l'inconnu de la Paline Vacía.

Je m'en voulais d'avoir pris sa défense.

– Pauvre Ocean, j'ai marmonné entre mes dents, tu t'es bien fait avoir. Comment pourras-tu soutenir devant tout Brewsterville que le gosse est blanc comme neige dans cette saloperie d'histoire ?

Je me suis relevé et me suis approché des deux jeunes avec Cameron à ma suite. Jack applaudissait comme un envoûté en tapant sa main valide sur sa cuisse. Tom alignait les révérences avec le sourire convenu des magiciens de foire. Je me suis retenu de lui coller deux gifles ou même un coup de poing au foie.

– Je vous présente Tom, le meilleur boucher à l'ouest du Mississippi ! a gueulé cet imbécile de Jack McCulloch.

Comme si cela ne suffisait pas, Cameron m'a soufflé à l'oreille :

– T'es vraiment sûr que c'est pas lui qui a mis le macchabée en pièces ? Un mouton ou un homme, c'est de la peau, de la chair et des os, tout pareil, tu sais.

J'ai fait non de la tête.

– Sûr que si, je te dis, a insisté Cameron. Le mioche a le coup de main pour désosser.

Je me suis contenté de vider d'un trait le fond du tord-boyaux qu'il me tendait. Du mescal, un mauvais alcool mexicain fabriqué à partir de l'agave. Ni arôme ni parfum, mais du feu en quantité pour vous arracher la gueule et vous enflammer l'estomac, le cœur et la cervelle.

Comme par miracle, j'ai aussitôt retrouvé mes esprits.

– Ça, tu le gardes pour toi, Cam, sinon je te ferai bouffer ta béquille, je lui ai dit en pointant un index menaçant vers son nez fleuri.

C'était moins Tom que mon honneur de shérif que je voulais préserver, à cet instant. Le vieux a pigé :

– Je suis peut-être un boit-sans-soif mais, foi de McCulloch, je n'ai qu'une parole. Je ne moufterai pas, Ocean. Et le fiston non plus, je t'en fais le serment, il a dit.

« Parole de poivrot », j'ai pensé.

Ensuite on s'est remis en route en direction de la Paline Vacía. Je voulais faire causer les prospecteurs, quitte à compromettre Tom une fois pour toutes.

Le petit salopard évitait de croiser mon regard, aussi aimable que le canon d'un Howitzer[1] à la bataille de Gettysburg. Il levait les yeux au ciel et feignait de suivre la course des corbeaux à col blanc.

Était-ce le mescal qui chamboulait ma raison ? Était-ce l'âge, tout simplement, qui altérait mes facultés de jugement ? Toujours est-il que je n'y voyais plus goutte dans cette sale histoire : qui avait tué l'inconnu et pourquoi ? Le crotale, le sanglier et les scorpions ? Des Indiens hualapais ? Cet enfoiré de Tom ? Il me restait une nuit et un jour avant notre retour à Brewsterville pour répondre à ces questions.

Malgré la touffeur matinale, j'ai frissonné en pensant que le coupable chevauchait peut-être deux pas derrière moi.

1. Obusier.

7

La Waltham

Quentin Chambers exploite une mine d'argent sur le flanc des Hatchoq. Les Indiens hualapais appellent cette chaîne de collines les Hatchoq Nyamasav[1] parce qu'un chien blanc les y aurait conduits pour leur éviter d'être massacrés par des ennemis venus du Nord. Mais ici, on les appelle simplement les Hatchoq. Les Blancs n'ont pas le temps de hacher menu les noms à rallonge des sauvages. Hauts d'une centaine de pieds, ces monts s'élèvent en marches régulières avec une végétation clairsemée, comme si le Créateur avait voulu faciliter la tâche aux prospecteurs. C'est sur la plus haute que Chambers et ses hommes ont établi leur campement et creusé le tunnel d'accès au filon. Depuis leurs cabanes en bois, on a une vue dégagée sur la Paline Vacía. Aucun homme, aucun animal de taille raisonnable ne peut s'engager sur cette étendue blafarde sans être aperçu par un mineur. Et comme le futur macchabée et ses assassins avaient dû, à un moment ou à un autre, emprunter la piste qui mène aux montagnes Matevilya, plus au sud, je pensais pouvoir recueillir de précieuses informations à la mine.

1. Chien blanc, en langage hualapai.

J'aime bien Quentin Chambers. Maigre comme un clou et sobre comme un juge, c'est un travailleur acharné. Il traite correctement ses hommes pour peu qu'ils ne boivent que de l'eau, récitent les bénédicités et, surtout, travaillent sans barguigner. Naufragé de la ruée vers l'or en Californie alors qu'il n'avait pas vingt ans, il avait tenté l'aventure dans les Black Hills en territoire du Dakota du Sud. Il y avait perdu son paternel, tué par un ivrogne qui l'avait pris pour le diable en personne, ses deux frères écrasés par un éboulis, sa femme et sa fille emportées par le choléra. Certains boivent pour oublier, Quentin creuse. Un de ses mineurs m'a assuré qu'à chaque coup de pioche, il prononce le nom de tous les proches qu'il a vus mourir, dans l'ordre où ils ont disparu. En Arizona, il a creusé tant et tant qu'il y a gagné le surnom de Mole[1] Chambers. Ses efforts ont fini par être récompensés avec cette mine dans les Hatchoq, découverte pour laquelle il rend grâce au Seigneur matin et soir. Elle lui rapporte pas loin de quarante mille dollars par an et fait de lui, encore aujourd'hui, un des concessionnaires les plus prospères du comté de Cannon.

À notre arrivée, j'ai pris Quentin à part et lui ai expliqué le motif de ma visite. Je lui ai presque tout raconté : la rencontre avec Tom et son terrible paquetage, l'interrogatoire à Brewsterville, l'histoire de la cassette pleine d'or abandonnée par des Espagnols. Pas un mot, en revanche, sur la dextérité du gosse à démembrer le mouton ni sur mes doutes naissants. Le prospecteur a pris l'air pénétré des révérends et m'a autorisé à interroger tous ses gars. « Mais pendant la pause déjeuner, a-t-il précisé. Je paie mes gens pour travailler, pas pour répondre aux questions, même posées par un homme aussi respectable que vous, shérif Miller. »

1. Taupe.

À l'heure dite, j'ai fait asseoir les six types sous une toile tendue entre deux genévriers aux troncs obliques. Avant de les interroger, je les ai dévisagés avec suspicion. C'est ma manière à moi de mettre les témoins en condition : je fronce les sourcils, serre les lèvres et bombe le torse. Ça marche avec tous, sauf les durs à cuire et les hors-la-loi professionnels. Vu leur dégaine, visages creusés par l'effort, corps étiques sous des hardes sales et déchirées, ceux-là n'étaient que de pauvres hères inoffensifs, venus gagner quelques dollars pour calmer leur faim. Pas du genre à me rouler dans la farine. Debout à mes côtés, Tom me singeait, le regard grave. Ça en a fait sourire deux ou trois. Pas moi. Je lui ai donné un coup de coude qui l'a fait chanceler.

Très vite les langues se sont déliées. Oui, ils avaient vu un cabriolet noir, une semaine plus tôt, emprunter la piste qui mène vers le Río Perdido et les Matevilya.

– C'était un matin, j'allais à la mine, a dit un courtaud au poil noir avec un fort accent italien. Une belle voiture de ville en route vers le désert, incroyable, non ? J'ai cru que la Madone m'avait joué un tour pendant la nuit.

Quentin Chambers avait pris place à côté de ses hommes. Il salua ce premier aveu par un : « C'est bien mon fils », avec la componction d'un révérend luthérien.

Vint le tour d'un dadais au nez long et pointu pareil à une tête de pioche. Un gars originaire du Tennessee ou du Kentucky à en juger par sa manie d'ensevelir la fin de ses phrases sous des borborygmes gutturaux comme le font les Hillbillies[1].

1. Péquenauds. Désigne les petits fermiers des États du Sud.

– Moi aussi, je les ai vus. J'étais en train de pisser. C'était le lundi. Un cabriolet noir tiré par deux quarter horses[1] bais avec deux gars habillés de blanc. Un moyen et un plus petit.

– Petit comme lui ? j'ai demandé en agrippant le col de Tom.

– Ben, shérif, d'où je les regarde, ici, tous les gens qui prennent la piste sont petits comme des fourmis. Alors oui, si vous voulez, petit comme le gosse, là, a dit l'échassier.

L'assemblée a éclaté de rire. Quentin s'est dressé et a levé sa main comme l'aurait fait un pasteur pour ramener le calme parmi ses brebis.

– Dire la vérité est un devoir pour tous les enfants du Seigneur, a-t-il couiné.

– Autre chose ? j'ai demandé.

– Oui, un groupe de cavaliers lancé au galop, a dit un jeune blond au visage constellé de taches de son qui s'est présenté sous le nom de Garett. Ce devait être mardi ou mercredi. J'allais aux latrines quand je les ai aperçus, a-t-il zozoté. Combien ils étaient, je ne sais pas, vu qu'ils soulevaient un paquet de poussière aussi épais qu'un nuage de pluie de mon Minnesota natal.

– Moi aussi, je les ai vus, a repris le Rital. C'était le lendemain du jour où j'avais remarqué le cabriolet. Z'allaient sacrément vite. Comme s'ils avaient le diable aux fesses. Peut vraiment pas vous dire si c'étaient des Anglos[2], des Mexicains ou des sauvages…

– Et dans le groupe de cavaliers, y en avait-il un plus petit, de la taille du gosse, là, et habillé de blanc ? j'ai demandé.

– Peut-être, peut-être pas, a fait le blondinet.

1. Chevaux issus de croisements des races ibériques et orientales, très répandus dans l'Ouest américain.

2. Terme qui désignait les colons d'origine anglo-saxonne dans l'Ouest américain.

Quentin Chambers couvait ses gars des yeux à la manière d'une maîtresse comblée par l'assiduité de ses élèves.

– C'est un bon début mais il faudrait en dire un peu plus à monsieur le shérif Miller. Faites vite car la pause est bientôt finie.

– On peut pas dire ce qu'on sait pas, a soufflé le plus âgé du groupe, un barbu dont le front et le nez avaient été saccagés par la variole. Même que la Bible nous l'interdit.

– Bien Trevor ! a fait le boss en se retenant de caresser le crâne chauve de l'aîné de ses forçats. « Tu ne feras pas de faux témoignages », le livre de l'Exode, verset 23.

La bigoterie de Chambers commençait à m'agacer. Histoire de me calmer les nerfs, j'ai failli saisir ma flasque pour téter quelques gouttes de cette saloperie de mescal que McCulloch m'avait refilé. Mais je me suis ravisé aussi sec, de peur que le prospecteur ne me sorte je ne sais quel boniment biblique interdisant aux enfants du Seigneur de boire de l'alcool. Tom a dû pressentir, je ne sais pas trop comment, que j'avais besoin de mon biberon. Il a tendu la main vers moi, comme il le faisait chaque fois qu'il avait envie de s'avaler une rasade de Gold Seeker. Je lui ai mis une claque sur la nuque. Il a rentré sa tête dans les épaules. Les mineurs ont ricané et mimé la scène sous le regard réprobateur du maître des lieux.

Moi, je n'avais pas le cœur à rire. J'étais taraudé par cette putain d'histoire de cadavre. Un peu comme un vieux qui, de l'aube à la nuit, ne songe à rien d'autre qu'à la rage de dent qui le tourmente. La terre peut trembler, la ville brûler, les hommes s'entre-tuer autour de lui, seule l'obsède cette douleur lancinante. En m'aidant du filet d'imagination qui échappait encore à ma désolation intérieure, j'ai échafaudé deux scénarios à partir des témoignages que je venais de recueillir.

Dans le premier, je voyais l'Anglais et le gosse filer au petit matin vers les Matevilya à bord d'un cabriolet laqué. Arrivés sur place, ils se faisaient tomber dessus par la canaille qui éparpillait l'adulte afin de faire parler le gamin. C'était ma version « Tom victime des salauds ».

Dans le second, j'imaginais Tom avec les meurtriers, qu'ils abandonnent sur place après avoir refroidi l'homme en blanc. Ça, c'était ma version « Tom complice des assassins ». Oui, mais alors, pourquoi la bande aurait-elle laissé le petit là-bas ? Et pourquoi Tom se serait-il coltiné la découpe du cadavre pour ensuite se le trimbaler sous un cagnard à mourir ? Ça ne colle pas, mon pauvre Ocean ! je me suis dit.

J'ai mis une troisième version à l'épreuve de mon cerveau amoindri par la chaleur et la fatigue : Tom et son vieux rattrapés dans les Matevilya par les salopards. Ils tuent le père parce qu'il a refusé de leur indiquer où se trouve la fameuse cassette pleine d'or. Pendant ce temps, le gosse se cache. Une fois les meurtriers partis, il coupe le corps en morceaux afin d'en soustraire l'essentiel aux vautours. Il lui passe une corde sous les aisselles et prend la piste avec son funeste paquetage. Version « Tom innocent mais profanateur ». Mais pourquoi un gosse aurait-il accompli une telle horreur alors qu'il pouvait se contenter d'enfouir la dépouille dans le sable ? Faut être sacrément zinzin pour découper la tête, les bras et les jambes de son père. À cet instant, je vous le jure, j'aurais préféré éprouver les douleurs de l'enfer infligées par un chicot récalcitrant. C'eût été moins pénible que les conjectures qui s'entrechoquaient dans mon pauvre crâne.

Résumons. Un : Tom n'était pour rien dans l'assassinat du chercheur de trésor. Deux : sous ses airs d'ange, ce petit salopiaud avait participé au crime de l'Anglo et avait été abandonné sur place par les assassins. Trois : bien qu'étranger au meurtre, il s'était rendu coupable d'actes infâmants sur le corps d'un mort. Vous suivez ? Dans deux hypothèses, Tom était un monstre et ce vieux con d'Hackett avait raison de vouloir le tenir à l'ombre. Et peut-être même de vouloir le faire pendre. Dans une autre, c'était un innocent qui avait été sacrément secoué par les horreurs dont il avait été témoin.

Comme un reclus jeté dans un souterrain qui hésite entre deux boyaux, j'avançais à tâtons sans savoir quelle direction privilégier. J'avais beau m'employer à préserver les apparences, Quentin Chambers a compris que ça turbulait sévère sous mon chapeau. Il m'a tendu un verre d'eau avec les gestes lents d'un prêtre offrant une hostie à un communiant. J'avais soif mais je l'ai refusé. Façon pour moi de lui dire : « Tout va bien, ne t'apitoie pas sur mon sort. » J'ai laissé les mineurs à leur repas infâme – un brouet de flocons d'avoine plâtreux – et me suis tourné vers la vallée. Au sud, la silhouette massive des Matevilya se découpait sous un ciel laiteux. Devant moi s'étendait à perte de vue la vallée grise piquée de baïonnettes espagnoles[1], de rares bouquets d'armoise et de mesquites[2] rachitiques. En son milieu, une piste formait une fourche le long du lit d'une rivière disparue. L'une des branches

1. Nom donné par les colons du Sud-Ouest américain aux yuccas en raison de leur feuillage effilé qui rappelait les longues baïonnettes des Espagnols.

2. De la famille des acacias, le mesquite est très répandu dans certains territoires désertiques d'Arizona.

continuait au nord vers Sitgraves, l'autre obliquait à l'est en direction de Brewsterville à une dizaine de milles de là.

À la différence de la campagne du Middle West de ma jeunesse, le désert ne parvient jamais à circonvenir mes tourments. En tout cas, pas dans la journée. Là-bas, la seule vue d'une rivière frayant sa route au cœur d'une forêt épaisse suffisait à me remettre d'équerre. Ici, le désert me laisse aussi inerte qu'un iguane cuit par le soleil au zénith. Trop de chaleur, trop de cailloux, trop de poussière. Et toutes ces plantes qui luttent pour leur survie quand leurs congénères de l'Est resplendissent d'une vigueur communicative. Ici, il me faut attendre le soir et les clins d'œil de ma petite étoile pour retrouver ma paix intérieure.

J'ai avisé un colosse à casquette qui remontait la sente avec deux mules bâtées à sa suite. Quentin Chambers me l'a présenté comme Vilem Dudek, un Tchèque taiseux qu'il avait pris à son service depuis quelques jours. Il conduisait les mules transportant le minerai jusqu'au pied de la colline, puis transbahutait le chargement dans un tombereau que le patron acheminait lui-même jusqu'à Sitgraves pour qu'il y soit fondu en lingots.

Quand il s'est rapproché, Tom a détalé comme un lapin de garenne et s'est réfugié derrière les latrines. J'ai mis ça sur le compte de la stature imposante du bonhomme.

– Je sais peu de chose de lui, m'a murmuré Chambers à l'oreille. Sinon qu'il est catholique, ne boit pas et, à la différence de ses camarades, ne semble pas obnubilé par la fornication.

L'homme m'a salué avec la brusquerie propre aux valets de ferme. Pas de sourire mais un grand signe de tête, un bras levé bien haut et un grognement qui devait vouloir dire bonjour. J'ai répondu d'une pichenette sur le bord de mon chapeau. Je lui ai trouvé une mine de décavé, comme si le soleil se refusait à lui brunir la peau. J'ai commencé à le cuisiner. D'une voix d'ogre, Dudek m'a dit avec cet épouvantable accent d'Europe centrale qu'il n'avait rien vu. Il avait l'air sincère. « Fausse route », je me suis dit. Tom a finalement rappliqué de derrière les chiottes. Il s'est collé à moi et m'a agrippé la manche. Je sentais sa jambe trembler contre la mienne. Le gosse a pointé du doigt la chaîne de la montre qui pendait à la ceinture du mastard. Une belle chaîne en or finement ouvragée. D'une main fébrile, le gars a voulu la rentrer dans sa poche et s'est mis à suer comme un porc. J'ai percuté en un éclair : le cadavre, la montre, Tom qui voit son père se faire délester de son garde-temps… Les lèvres pincées afin de faire comprendre au Tchèque qu'il était dans de sales draps, je lui ai tendu la main. Il m'a hurlé quelques mots dans sa langue natale qui devaient vouloir dire « va te faire foutre ! » ou « cette montre est à moi ! », quelque chose du genre.

J'ai avancé de deux pas et porté la main à mon colt. Chambers lui a ordonné de me donner l'objet. Dudek a encore gueulé en se redressant pour me faire face. J'avais maintenant mon colt pointé sur sa panse. J'ai donné un coup de genou à Tom pour me dégager de son étreinte. Il a roulé dans la poussière et s'est relevé, le bras tremblant toujours tendu en direction du colosse.

Vilem Dudek s'est soudain saisi d'un maillet de mineur et l'a levé au-dessus de sa tête en éructant ce qui, au vu des grimaces qu'il m'adressait, devait être des injures de la pire espèce. S'il laissait retomber sa masse sur moi, il allait me mettre la caboche en bouillie. La trouille m'a glacé les tempes. Mourir écrasé comme un cafard, pas question ! J'ai fait feu. En pleine tête. La balle lui a emporté le haut du crâne dans une gerbe de sang, d'os et de cervelle mêlés. Son corps s'est étalé dans un nuage de poussière. Quentin Chambers a baragouiné une prière entre ses lèvres tremblantes. Tom a couru vers le cadavre. Après s'être saisi de la chaîne et de la montre qu'il a aussitôt enfouies dans sa poche, il lui a distribué des coups de pied dans les flancs. J'ai trouvé ça déplacé. Je l'ai attrapé par l'oreille et lui ai fait signe de rejoindre sa cache derrière les latrines. Il a filé, penaud comme un coyote qui aurait reçu un caillou sur l'arrière-train.

Tandis que Quentin Chambers se signait avec la régularité d'un automate, je me passais un savon : « Bon Dieu de bon Dieu de merde, qu'est-ce qui t'a pris, Ocean ? Mais pourquoi l'as-tu descendu ? », je me suis répété. J'avais commis une bourde aussi imposante que le corps qui gisait à mes pieds. Quelques secondes plus tôt, Vilem Dudek était encore le fil d'Ariane qui pouvait me mener, enfin, à la clé de cette sombre énigme. La montre, il l'avait prise sur le mort ou l'avait reçue d'un de ses assassins. Rien qu'avec ça et un peu de bonne volonté de sa part, je pouvais galoper vers la vérité. Je serais rentré en héros à Brewsterville et aurais cloué le bec à Hackett et sa bande. Et voilà que, dans un moment de panique, j'avais expédié un précieux suspect en enfer. « À croire que cette carne d'Artie Hackett a raison quand il dit que tu es un shérif à la manque », j'ai pensé, dépité.

Ce soir-là, j'ai peu et mal dormi. Et ce n'était pas à cause de l'odeur pestilentielle des latrines à côté desquelles j'avais déroulé ma couverture. Je me disais que j'étais fini. Comme shérif, je ne valais plus un clou. Dix ans en arrière, c'est sûr, au lieu de dégainer mon colt, je me serais jeté sur Vilem Dudek et l'aurais neutralisé. L'étoile de bronze agrafée sur mon cœur me pesait soudain. Revenir à Brewsterville et la jeter à la gueule du maire m'a même traversé l'esprit. « Se démettre avant d'être démis », m'avait enseigné le marshal Jared J. Fellows dont j'avais été l'adjoint à Kansas City. Ce vieux roublard en connaissait un rayon sur la question. Il avait mis les voiles de plusieurs patelins avant que l'on ne découvre qu'il avait fait pendre des innocents et libéré des assassins. J'avais tellement honte que j'ai même renoncé à faire la causette à ma petite étoile de peur qu'elle ne me gourmande.

En pleine nuit, las de courir derrière le sommeil sans parvenir à le rattraper, je me suis adossé au tronc d'un genévrier. J'ai allumé une pipe et regardé Tom dormir sous la faible lueur de la lune. Couché sur le côté, la tête tournée vers moi, il paraissait apaisé. Dans sa main, la montre. J'ai lentement déplié ses doigts et m'en suis emparé. Elle était chaude comme un œuf tout juste pondu. J'ai allumé la lampe de mineur que Chambers nous avait prêtée pour la nuit. D'expérience, je sais qu'un objet peut vous en dire davantage que le plus prolixe des suspects.

De marque anglaise, elle confirmerait la nationalité de l'inconnu ; portant des inscriptions maçonniques, elle me permettrait peut-être, avec l'aide de Texas King, l'un des piliers de la loge de Prescott, de retrouver le nom et la ville d'origine du macchabée. Peut-être même porterait-elle le nom et l'adresse du propriétaire, comme celle que j'avais retrouvée un jour sur le cadavre d'un voyageur dont l'état de décomposition me laissait peu de chance de l'identifier.

J'ai pris mon temps. C'était une belle montre en or. Elle était ronde, ventrue et lourde. Le couvercle était finement ouvragé. Au milieu d'une frise aux arabesques complexes, un aigle déployait ses ailes sur un décor de montagnes qui pouvaient être les Rocheuses. « Premier indice, c'est une montre américaine », j'ai pensé. Il n'y a que nous pour mettre ainsi des aigles partout, sur les dollars, les sceaux, les crosses de revolvers, les assiettes. J'en ai même vu au fond de pots de chambre, ce qui n'avait pas manqué de m'offenser en imaginant le bel oiseau se faire pisser dessus. En soulevant le couvercle m'est apparu en lettres grasses le nom de Waltham, un horloger réputé. C'était bien une montre de chez nous. L'intérieur du couvercle comportait une boussole dont la flèche s'affolait sur un cadran aux reflets irisés. Sans doute de la nacre. Une montre de voyageur qui, lorsqu'il est en vadrouille, tient davantage à s'assurer qu'il chemine dans la bonne direction que de connaître l'heure. La petite aiguille marquait dix heures, la grande cinq minutes et la trotteuse s'était arrêtée sur le neuf. Cette andouille de Dudek n'avait même pas pris soin de la remonter. Il la portait sans doute pour faire le beau devant ses collègues de la mine. J'ai délicatement tourné le remontoir entre mon pouce et mon index pour entendre son cœur battre à mon oreille. Elle s'est aussitôt remise à vivre. J'ai refermé la montre et l'ai retournée. Son dos portait les lettres G et W enlacées, les initiales du mort. G pour George, si on en croyait McCulloch, mais pour le W, je pouvais aller me faire voir. Et sans le concours de Tom, j'aurais du mal à donner un nom à l'inconnu.

J'ai ouvert la main de Tom et y ai déposé la Waltham. Il s'est levé en sursaut, les yeux écarquillés et la bouche grande ouverte. Il s'est mis à pleurer à chaudes larmes puis est retombé comme une masse sur sa couverture, les yeux fermés, la montre contre lui. Ça m'a serré la gorge. J'ai avalé une longe rasade de mescal et commencé à dessiner une scène que je voulais soumettre à Tom à son réveil : le corps d'un homme démembré, avec une chaîne de montre accrochée à un bouton de sa veste et la Waltham qui gisait sur le sol à son flanc. Ça m'a paru assez explicite mais un peu trop cru. J'ai donc rajouté les bras et les jambes au type et ébauché le contour d'un visage que j'ai laissé en blanc. Dessous, j'ai tracé les lettres G et W que j'essaierais de lui faire compléter. Même s'il ne savait pas écrire, il avait pu mémoriser le prénom et le nom de son père comme il l'avait fait pour le sien. J'étais fier de moi. Pour me récompenser, je me suis enfilé le fond de la flasque prise dans le paletot de Vilem Dudek.

Une fois le petit déjeuner avalé, j'ai pris Tom à part. Le cœur battant, comme un puceau avant sa première étreinte, je lui ai soumis mon dessin. Je jouais gros. J'ai posé la mine sur le corps de l'homme à la tête sans visage tout en interrogeant son regard. Rien. J'ai fait glisser mon crayon le long de la chaîne et jusqu'à la montre. Toujours rien. Pas la moindre émotion dans son regard. J'ai commencé à bouillir et l'ai supplié :

– Bon Dieu, Tom, aide-moi, qu'on en finisse ! Qui est ce type : ton père ? Un étranger que tes potes et toi avez trucidé ?

J'ai dû me contenter d'un hochement poli pour toute réponse. Alors, j'ai martelé le G et le W, et cette fois, il a compris. Il m'a pris le crayon des mains et a commencé à compléter le G. Un *e*, un *o*, et ce qui pouvait ressembler à un *r*. Et puis plus rien. Il paraissait interdit. J'ai ajouté un *g* et un *e*. Il l'a regardé et a hoché la tête. George ! Je tenais le prénom ! J'en ai frissonné de joie. Restait le nom de famille. Pour lui donner du cœur à l'ouvrage, je suis allé chercher ma dernière bouteille de Gold Seeker dans les fontes de ma selle. Après m'être assuré d'un coup d'œil que ce dévot de Chambers n'était pas dans les parages, je l'ai agitée devant lui pour lui faire comprendre qu'il aurait une récompense s'il y mettait du sien.

J'ai pris sa main et l'ai guidée jusqu'au W de mon dessin. J'ai appuyé la mine contre le papier. Il a commencé à tracer le dos d'une lettre. Un dos bien droit mais ce couillon s'est arrêté aussitôt, me laissant pantois. Était-ce l'amorce d'un A, d'un E, d'un I ou d'un U ? Je lui ai serré le bras pour bien lui faire comprendre que j'en attendais plus de sa part. En vain. Les yeux rivés sur le papier, il était aussi immobile qu'une statue. Chambers a passé une tête entre nous. Je lui ai fait signe de dégager. J'ai pris une autre feuille, ai gratté quelques noms en rafale au hasard de mon imagination – Walton, Westham, Wilson, Wurz – et ai collé la liste sous le nez de Tom. En pure perte. Le gamin m'a interrogé du regard avec un air perplexe. Je lui en demandais trop. J'ai froissé les deux feuilles et les ai jetées aussi loin que j'ai pu. On a fait les paquetages et on s'est mis en route après avoir pris congé de Quentin Chambers, qui n'a pu s'empêcher de supplier le Seigneur de prendre soin de nous.

8

Ce cher Winterbottom

Je ne pouvais pas rentrer bredouille. Après avoir fait chou blanc chez McCulloch et Chambers, il me fallait poursuivre mon enquête. Je voulais revenir en ville avec au moins un début d'explication. Mon avenir de shérif et mon honneur d'homme étaient en jeu. Une montre et un prénom, voilà tout ce que j'avais amassé en deux jours de vadrouille. À l'évidence, Tom ne m'était d'aucun secours dans mes recherches. Pire, sa présence me pesait parfois. Les sentiments qu'il m'inspirait variaient selon mon humeur. Lorsque je venais de boire un coup, j'éprouvais à son égard de la tendresse et de la commisération. Quand ma tête chavirait faute d'avoir été étanchée par une bonne rasade, il m'énervait au plus haut point. J'avais l'impression qu'il prenait un malin plaisir à me faire tourner en bourrique. Souvent, j'ai pensé que j'aurais été plus inspiré de le laisser se traîner dans le désert avec son maudit cadavre. Ça m'aurait évité tous ces emmerdements ! Quand même, ne pas être foutu d'écrire son nom de famille quand on a plus de douze et qu'on est le fils d'une huile ! Je connaissais plus d'un simple d'esprit qui y parvenait sans ciller. Et Tom n'avait rien d'un nigaud. Il dessinait divinement bien, désossait un mouton avec le tour de main d'un boucher aguerri et devinait vite à qui il avait à faire. Faute de pouvoir parler, il exprimait une foule de sentiments par une ribambelle de rictus dont je commençais à discerner la subtilité. J'avais appris à déchiffrer son visage. Une inclinaison des sourcils, le nez froncé, un œil qui frise, la bouche qui s'allonge comme un trait de crayon ou se rétracte en cul-de-poule, les joues qui se gonflent ou se creusent me suffisaient à cerner son état d'esprit.

– Mais bon Dieu de bon Dieu, satané gamin, aide-moi donc ! Pour ton bien et pour le mien ! je lui ai lancé alors qu'il trépignait sur sa selle à la vue d'une antilope coursée par quatre coyotes.

Le sourire triste qu'il m'a adressé m'a désarmé. J'ai ravalé mes jérémiades et, à mon tour, j'ai suivi le spectacle qui s'offrait à nous au fond du canyon que nous surplombions. L'antilope zigzaguait pour semer ses poursuivants, les coyotes se relayaient à ses trousses. Chacun savait comment l'histoire devait se terminer : la chute finale pour l'un, le triomphe des autres, des coups de crocs dans le cou et des grognements appuyés pour s'accaparer les meilleurs morceaux de chair tandis que le sacrifié rendrait son dernier souffle en agitant ses pattes arrière.

À quatre contre un, l'affaire était entendue. Comme moi, les vautours et les corbeaux n'auraient pas misé un dollar sur une issue heureuse du pronghorn. Du ciel, ils attendaient leur tour en décrivant des cercles au-dessus de nous. J'ai regardé Tom. Il tapait des mains. Encourageait-il l'antilope ou les coyotes ? À la façon dont il a haussé les sourcils d'un air suppliant, j'ai compris que Tom souhaitait que j'interfère dans ce drame animalier. Moi qui laisse toujours les animaux se débrouiller entre eux, il fallait vraiment que j'aime ce gosse pour concéder une entorse à mes principes ! Voulait-il que j'abatte le chef de file ou que j'offre une mort plus rapide à l'antilope ? Je lui ai lancé un nouveau regard alors que je sortais mon fusil de son fourreau. J'ai cru saisir une lueur de tristesse dans ses yeux. Alors j'ai décidé de venir en aide à la victime. « Trop jeune pour mourir », je me suis dit en chargeant mon Springfield. J'ai tiré un coup de feu en l'air pour faire fuir les assaillants. Un écho terrifiant a retenti dans le canyon. Les coyotes n'ont pas demandé leur reste. J'ai sorti ma Bardou et regardé l'antilope. Elle était pétrifiée. Se pensait-elle déjà morte ? Attendait-elle le coup de grâce ? Tom sautait sur sa selle tout à sa joie de voir la proie épargnée par les chasseurs. Princess, qu'il montait, tentait de calmer ses ardeurs par de grands coups de tête. Il a agité la main dans la direction du pronghorn miraculé. Pour tout remerciement, il lui a montré son cul blanc et a remonté un ravin. Le gosse a tapé des mains de plus belle. J'avais donc bien interprété son désir.

– Dommage que tu ne veuilles pas m'aider moi aussi, j'ai grinché. C'est quand même pas sorcier de me révéler le nom de ton paternel en alignant quelques lettres derrière le W ! Si le macchabée était bien ton père, comme je le pense…

Après avoir fait boire les chevaux dans un ruisselet, on a bivouaqué sur un surplomb rocheux. J'aime être au plus près du ciel. J'ai l'impression que la pureté céleste me lave des miasmes de la fange humaine que je me coltine à longueur d'année. Au loin, les Matevilya se couvraient de parme comme des belles du Sud parées pour un grand bal. Un coyote se frayait un chemin entre les buissons d'épineux. Deux lapins ont décampé vers leurs terriers. Les vautours sont repartis. Tom a accommodé les fayots et l'épaule de mouton offerte par les McCulloch. La chaleur avait commencé à la boucaner. Dans l'eau de cuisson, il a mis des herbes sèches glanées autour du campement. Un régal. Ce gosse ne cessait de m'impressionner par ses talents cachés. Voilà que je le découvrais excellent cuistot et herboriste avisé.

À la nuit tombée, les coyotes – peut-être ceux que nous avions privés de repas – nous ont donné la sérénade. J'en connais qui ne supportent pas leurs hurlements et tirent des coups de feu pour les faire taire. Pour moi, une nuit sans coyotes, c'est comme une journée sans soleil. Quand j'ai du vague à l'âme, je prends mon cheval, une couverture, une pipe et une bouteille de Gold Seeker, et je vais dormir parmi eux. Parmi eux, c'est beaucoup dire, car on ne sait jamais où ils sont. Vous les entendez au sud, ils sont au nord. Vous les croyez derrière vous, ils sont devant. Lorsque je pousse un hurlement qui monte vers le ciel, ils me retournent une note qui descend sur la terre. Je leur adresse un glapissement nerveux et je reçois en réponse des aboiements rageurs. Ce que je préfère, ce sont les longues plaintes qu'ils s'adressent de loin en loin. Ce n'est peut-être pas très gracieux pour certaines oreilles, mais ça me fait, à moi, plus d'effet encore qu'une berceuse. Et cette nuit-là, j'ai roupillé comme un nourrisson.

Avant de rentrer à Brewsterville, je voulais passer voir John Winterbottom, un original qui a posé son sac dans le désert il y a belle lurette. Depuis son repaire au creux d'un vallon aveugle, il sait tout ce qui se passe à des milles à la ronde. Ne me demandez pas comment. Le fait est que le vieux est au courant de tout : une paire de cavaliers qui s'engueulent sur la piste à prendre, il peut répéter les injures échangées ; un prospecteur qui vient s'encanailler avec une squaw au fond d'une grotte, il a entendu leurs gémissements ; une antilope qui se fait croquer par un couguar dans un canyon, il connaissait l'âge de la suppliciée. M'est avis qu'il a mis tout le désert à son service : les hommes qui y travaillent ou le traversent, les animaux et même les arbres, les pierres et les vents qui l'habitent. John était ma dernière chance. Même si les Matevilya sont à une demi-journée de cheval de Cottonwood Creek, il pourrait peut-être me mettre sur la bonne piste.

Sa gueule valait à elle seule le déplacement : un front aussi craquelé que le dos d'un lézard à flancs maculés, une broussaille de sourcils dans laquelle une mouche se serait perdue, deux billes turquoise, un long nez cabossé qui oscillait de gauche à droite avant de plonger vers sa bouche, laquelle disparaissait sous une barbe qui lui tombait sur le ventre. Pas très grand, cinq pieds tout au plus, il avait des bras noueux comme des troncs de mesquites et de larges mains aux doigts interminables. Il tenait à la fois du sorcier, du mauvais garçon et de l'ermite. Je crois bien, paix à son âme, qu'il était les trois à la fois. Le corps de John Winterbottom serait un jour retrouvé par Paddy O'Carroll, un chasseur d'antilopes, en mars 1885. Comme les vieux Indiens sentant leur heure venue, il avait rassemblé ses dernières forces pour gravir la sente qui menait à un plateau battu par les vents. Il était mort depuis plusieurs jours quand le chasseur l'a trouvé. Pas un charognard ne l'avait touché, allez savoir pourquoi. O'Carroll m'a raconté que les corbeaux et les vautours le veillaient, les uns depuis le ciel, les autres au sol autour de lui. Quant aux coyotes, ils ont grogné lorsque Paddy a emporté la dépouille du vieux pour l'enterrer au pied d'un arbre de Josué aussi rabougri que lui, devant la cabane qui lui avait tenu lieu de logis. Connaissant la voracité de ces bestioles, j'ai toujours peine à le croire, même si Paddy est tout sauf un affabulateur.

Lorsque nous sommes arrivés, Winterbottom semblait nous attendre, les poings sur les hanches, le galurin pointu rejeté sur la nuque. Il nous souriait. Avec les yeux puisque sa bouche avait fondu sous sa barbe.

– On m'a dit que vous êtes passés chez McCulloch puis chez Mole Chambers. Savais bien que vous me rendriez une petite visite, il a lancé, l'air réjoui.

– Qui on ? j'ai demandé, intrigué.

– Lui, là-haut, a répondu le vieux en pointant du doigt un caracara huppé qui venait de se poser sur la plus haute branche d'un arbre mort. Washington me rapporte tous les secrets du désert.

« Ça commence très fort », j'ai pensé dans une moue désabusée.

Tom s'était lancé dans un étrange dialogue avec le rapace. Les bras tendus et le buste oscillant de gauche à droite, il simulait son vol auguste. En réponse, Washington déployait et repliait ses ailes. J'ai même cru qu'il lui souriait de son bec bleu et lui faisait admirer les épis rebelles de sa nuque.

– Si tu ne me crois pas, le gosse, lui, n'en doute pas. Dommage qu'il ne puisse pas nous dire qu'il a foi en mon vieux copain Washington, le meilleur reporter de tout le Mojave.

– Et comment tu sais qu'il est muet ? j'ai demandé.

– Sourd et muet, a corrigé Winterbottom en se grattant l'oreille. Par ici, tout le monde connaît l'histoire du cadavre sans tête. Elle a fait le tour de la Paline Vacía. On dit aussi que tu défends mordicus l'innocence du gosse alors que ces escrocs d'Hackett et Leyland veulent le faire pendre.

Washington s'était laissé tomber à deux pieds du petit. Le gosse lui a tendu la main, le rapace a avancé son bec. « Voilà qu'il copine avec les animaux sauvages, maintenant. Décidément, ce canaillou ne cessera de m'étonner », j'ai soupiré. C'était un bel oiseau. Les plumes de sa tête formaient comme une toque de fourrure sombre tandis que sa gorge était aussi blanche que la barbe de Winterbottom.

– Vrai de vrai, c'est lui qui me nourrit. Comme je vois aussi bien qu'une taupe, je rate toutes mes cibles. Suffit que je le lui demande et Washington me ramène un lapin, un lièvre, un écureuil. Moi je me charge des iguanes, pour peu que je les approche à moins de dix pas. C'est bon, l'iguane grillé.

J'ai répondu par une moue de dégoût, histoire de le dissuader de nous en servir au souper. Comme le font les Acadiens avec les escargots, j'ai laissé John Winterbottom dégorger en se lamentant sur son sort. Sa vue déficiente, ses rhumatismes douloureux, la mauvaise année qui s'annonçait pour la chasse. J'ai cru voir des larmes rouler sur ses pommettes barbues. J'ai pris mon air le plus affecté. Je ne voulais pas manquer mon entrée en matière. Quand il m'a semblé prêt, j'ai lancé tout de go :

– John, il faut que tu me dises ce qui s'est passé avec le macchabée. Je veux savoir qui l'a tué. Au passage, dis-moi aussi qui était le gosse. Le fils, le valet, le mignon du mort?

Pour qu'il comprenne bien que je ne lui demandais pas un service mais lui donnais un ordre, j'ai ajouté d'un ton solennel, un doigt sur mon étoile :

– C'est le shérif Ocean Miller de Brewsterville, comté de Cannon, territoire d'Arizona, qui te demande tout ça.

Il m'a fait asseoir sur un banc branlant, vestige d'une ridelle de chariot qui avait dû subir les assauts des Indiens et m'a servi un verre de mescal, cet infâme alcool que les Mexicains nous refourguent pour le quart du prix d'une bouteille de whiskey. Je l'ai quand même bu cul sec en contenant une grimace de dégoût. Pour faire bonne figure, je lui ai même tendu mon godet dont le dernier rinçage devait remonter à Mathusalem. Winterbottom s'est installé face à moi sur une banquette lacérée dans laquelle des pointes de flèches étaient encore fichées.

– Les restes du wagon de la famille Jackson. Le père, la mère et les cinq enfants. Tous massacrés par les Hualapais en 1869. Ils ne se sont même pas donné la peine de violer les femelles comme ils le font habituellement.

J'ai soulevé mon chapeau en hommage aux victimes.

– En même temps, il a poursuivi, faut les comprendre, les Hualapais. Tu ferais quoi, toi, si des étrangers débarquaient sur tes terres et se les distribuaient après t'avoir juré qu'ils te les laisseraient ? Et imagine qu'en prime, ils te refilent toutes leurs saloperies de maladies ? Hein, tu dirais quoi, Ocean ?

– Je n'ai pas de terres et je respecte les sauvages, tu le sais, je lui ai répondu d'un ton las.

– Ça saute pas aux yeux, vu le nombre de braves que tu as mis à l'ombre, pulvérisés ou fait pendre, shérif ! Si je ne les en avais pas dissuadés, ils t'auraient fait la peau depuis bien longtemps, a dit le vieux en me visant avec un fusil imaginaire.

C'était toujours la même histoire avec John Winterbottom. Chaque fois, il plaidait la cause de ses copains les Indiens qu'il côtoyait depuis le jour où il avait posé son sac à Cottonwood Creek, une trentaine d'années plus tôt.

John avait participé à l'expédition de Lorenzo Sitgreaves[1], et c'est à cause des Indiens qu'il avait dû en partir, lorsqu'il s'était interposé pour empêcher qu'une jeune Hualapai ne soit violée par des soldats. Le capitaine Sitgreaves lui avait donné raison contre le sergent qui soutenait ses hommes, mais il avait demandé à Winterbottom de quitter l'expédition afin de ne pas conserver dans ses rangs un homme qui avait défié la hiérarchie. Le vieux avait sauté sur l'occasion et jeté son dévolu sur ce vallon perdu. Depuis, les Indiens le considéraient comme leur protecteur. Ils lui rendaient souvent visite, et le ravitaillaient en farine de maïs et en peaux de pronghorn, que John échangeait à l'occasion avec les marchands de Brewsterville ou les voyageurs qui faisaient escale chez lui. Il ne s'était jamais marié mais on lui prêtait une descendance importante. Certains l'estimaient à une dizaine de sujets. Pour ma part, j'ai dénombré pas moins de trois braves et une squaw hualapais qui arboraient les mêmes yeux turquoise ou le nez difforme de Winterbottom, voire les deux à la fois.

Je suis resté de marbre face à sa leçon de morale.

– La loi est la loi, j'ai dit. Et je suis payé pour la faire respecter. Et puis, tu le sais, plus d'une fois je suis intervenu en faveur de tes amis dans des embrouilles qui les opposaient à des éleveurs. Ils m'en sont reconnaissants. Mais John, je ne suis pas venu te voir pour me faire tancer, je lui ai dit. Réponds-moi, maintenant.

Je connaissais mon Winterbottom par cœur. S'il prenait des chemins de traverse, c'est qu'il ne voulait pas se mettre à table. Il

1. Capitaine mandaté par l'armée pour explorer et cartographier le Nouveau-Mexique (ravi au Mexique lors de la guerre de 1846-1848), dont l'Arizona était partie intégrante avant de devenir un territoire à part entière en 1863. La mission devait définir la route qui rallierait Santa Fe à San Diego et ouvrir la contrée aux colons.

m'avait fait le même coup quatre ans plus tôt, quand j'étais venu le cuisiner sur le meurtre d'un prospecteur par une bande d'Indiens avec laquelle il copinait et trafiquait. J'avais tout essayé, le whiskey, les menaces, l'amitié, rien n'y avait fait.

Il a levé les yeux au plafond vermoulu de ce qui était censé être le porche de son gourbi. C'était sa manière à lui de me dire d'aller me faire foutre. J'ai insisté. Mais pour toute réponse, il a crié : « Mary Todd, fais-nous le *bronco*[1] ! » à la chèvre attachée un peu plus loin.

La biquette s'est alors mise sur son arrière-train, a battu l'air de ses pattes avant puis a rué comme un cheval sauvage refusant de se laisser débourrer. Tom a couru vers elle et lui a fait répéter l'exercice rien qu'en levant la main. Winterbottom a émis un sifflement d'admiration :

– Ce gosse est un bon Dieu de sorcier, je te le dis !

J'ai soupiré et secoué la tête en pensant à la prochaine facétie qu'il allait sortir de son chapeau pour éviter de répondre à mes questions.

Ça partait mal. On s'est sondés un long moment. C'est Tom qui m'a sauvé la mise en venant s'asseoir à mes côtés. J'ai eu l'idée de lâcher mon va-tout. J'ai pris ma respiration et suis allé chercher les notes les plus graves de ma voix, tout au fond de ma gorge.

– Johnny, si tu le fais pas pour moi, fais-le pour lui. Ce gosse risque sa vie. Si je ne reviens pas en ville avec le nom des assassins, je ne pourrai rien faire pour lui éviter la potence.

J'ai laissé passer un long silence et j'ai poursuivi :

– La potence, tu te rends compte, pour ce gosse qui n'a même pas sa voix pour se défendre.

1. Nom donné par les Américains aux jeunes chevaux sauvages.

À cet instant, Tom a fixé John avec le même regard suppliant que le mien. Cette fois, je n'en ai pas voulu au gamin de me singer. Winterbottom a émis quelques borborygmes en direction d'un corbeau à col blanc qui nous espionnait en décrivant des cercles lents au-dessus du vallon. Je connaissais l'oiseau. Le vieux l'avait recueilli après qu'il fut tombé de son nid. Il l'avait nommé Patterson en souvenir de ce général qu'il avait servi pendant la guerre civile. Patterson lui obéissait au doigt et à l'œil. Je redoutais que Winterbottom ne nous inflige une démonstration des talents du volatile que je connaissais déjà par cœur. J'y avais eu droit à chacune de mes visites, mais cette fois, je n'avais aucune envie de glousser en admirant les pitreries de l'oiseau.

– Non, tu ne vas pas me dire que c'est à lui que je dois demander ce qui s'est passé dans les Matevylia, j'ai dit à Winterbottom en agitant un index menaçant devant son nez. C'est toi qui dois me le raconter !

Il nous a servi un nouveau godet de mescal. J'ai retenu ma respiration pour ne pas sentir l'arrière-goût d'esprit de sel. Le gosse a eu droit à sa dose. Je l'ai regardé, il avait pris ma grimace : sourcils froncés, lèvres pincées. Les billes de Winterbottom sont allées de lui à moi. Puis, comme le font les paumards qui se font plumer au poker, il a jeté son chapeau au sol, découvrant son épaisse chevelure aussi blanche que du lait, et s'est enfin mis à parler :

– La seule chose que je peux te dire, shérif Miller, c'est que ce ne sont pas les Hualapais qui ont fait ce sale coup. S'il pouvait parler, le gosse te le dirait. Couper la tête, les bras et les jambes d'un ennemi, c'est bien dans leurs habitudes, mais c'est pas eux qui ont tué l'Anglo.

« C'est déjà ça », a dit une petite voix dans ma tête.

– Alors si ce ne sont pas tes potes, qui a fait le coup ? j'ai demandé.

– Foi de John Leighton Winterbottom, je ne sais pas même si j'ai ma petite idée.

J'ai souri.

– Rien qu'une petite et elle n'engage que moi, il a dit en se martelant la tempe.

– Si elle permet de sauver ce pauvre gosse, tu devrais la partager.

Le vieux a pris un air grave et a penché sa tête vers nous comme s'il voulait confier un secret.

– Je veux bien te la dire, Ocean, mais à condition que tu la gardes pour toi. Je ne me sens pas encore prêt à sucer les armoises par la racine, tu comprends.

Après d'innombrables circonvolutions, il m'a dit être sûr que le crotale, les scorpions et le sanglier étaient dans le coup. Ils s'étaient arrêtés chez lui en route vers les Matevylia. Ils avaient passé la journée à boire et à jouer aux fourmis, jeu dont Winterbottom était un expert. Il consistait à opposer des légions de fourmis rouges et de fourmis noires dans une poêle d'orpailleur. Winterbottom organisait les batailles en échange de deux boîtes de pêches au sirop de Géorgie. Il les vidait et les enfonçait dans les fourmilières. Les insectes s'y précipitaient. Il lui suffisait, ensuite, de les déverser dans la poêle. Je n'ai jamais compris l'intérêt que les gens trouvaient à cette activité qui se termine toujours de la même façon : les rouges triomphent des noires dont il ne reste à la fin que des mandibules et des abdomens sectionnés.

À l'aller, les quatre hommes ne lui avaient rien soufflé de leur projet si ce n'est qu'ils se dirigeaient vers les montagnes pour affaires. Winterbottom avait pensé qu'ils voulaient récupérer un chargement de whiskey frelaté. Ou peut-être livrer les fusils que devait contenir la caisse arrimée au cheval de l'étranger qui les accompagnait, un gars qu'il n'avait jamais vu mais dont la description correspondait à Vilem Dudek.

Une piste, enfin ! Je me sentais déjà beaucoup mieux.

– Et qu'est-ce qui t'autorise à penser que c'est eux qui ont tué l'Anglo ? j'ai demandé.

Winterbottom a levé les yeux vers Patterson, demandé à Mary Todd de nous refaire le bronco, et convoqué Benjamin Franklin, un clébard galeux qui a compté jusqu'à onze avec ses pattes quand il lui a demandé quel était son âge. Le vieux cinglé tentait à nouveau de se défiler. Je l'ai repris au lasso de ma voix la plus rauque :

– Réponds, Johnny, pour le gosse !

La sueur perlait sur son front et il m'a bien semblé que ses mains tremblaient.

– Au retour de leur expédition, le sanglier et le taiseux avaient des taches de sang sur les bras et les cuisses. Je leur ai demandé s'ils étaient blessés. Le crotale m'a simplement répondu que l'affaire avait mal tourné. Je n'ai pas insisté. Dans la nuit, les scorpions parlaient du gosse et se demandaient s'il ne risquait pas de les dénoncer. Le crotale a éclaté de rire. Il leur a balancé qu'il fallait vraiment qu'ils soient cons pour craindre qu'un muet puisse parler. Et il a ajouté qu'à cette heure, il était sans doute déjà mort de soif.

– Le petit, c'était qui pour l'Anglais ? j'ai demandé, une main sur l'épaule de Tom.

– Son fils, à ce que j'ai compris, il a répondu.

J'ai hoché la tête pour lui dire toute ma reconnaissance. Tom n'a pas pu s'empêcher d'en faire autant. Winterbottom s'est passé la main sur le visage, comme s'il voulait se laver de son aveu. J'ai bien dû lui dire « merci » cinq fois. En réponse, il m'a tendu la main et m'a soufflé de sa bouche édentée :

– Je crois bien les avoir entendus dire tout ça mais je ne peux pas te le jurer. À mon âge, on prend souvent ses rêves pour des vérités.

Je lui ai refilé les cinq dollars que j'avais sur moi. Il m'a fait jurer de ne rien répéter de ses révélations. J'ai opiné. Tom itou. J'ai refusé un autre verre de mescal mais j'ai accepté l'hospitalité qu'il nous offrait pour la nuit.

– Ce sera du lapin, n'est-ce pas Washington ? Je sais qu'ils se font rares cette année mais tu vas bien nous en trouver un pour ce soir…

Washington s'est aussitôt envolé pour ne revenir qu'une bonne heure plus tard avec un jeune mâle entre les serres.

Cette nuit-là, j'ai conversé longuement avec ma petite étoile. Je lui ai fait part de mon soulagement : je rentrais à Brewsterville avec une piste solide. Il me restait désormais à coincer les meurtriers et à leur faire cracher le morceau après leur avoir démonté la gueule à coups de crosse.

Morphée ne partageait pas mon enthousiasme. « Pas si vite, m'a-t-elle mis en garde. Ce vieux schnock a pu charger la bande d'affreux pour que tu épargnes ses amis hualapais. Souviens-toi qu'il n'était pas très sûr de ce qu'il t'a confié. Aaron Leyland a beau être un type peu recommandable, ce n'est pas une brute épaisse. Et puis que pèseront tes accusations contre les dénégations du protégé d'Artie Hackett ? Tu imagines le maire lâcher l'homme à qui il a promis sa fille ? Allons Ocie, garde les pieds sur terre… »

– Mais les taches de sang, la montre, la frousse de Tom ? Ce sont de solides indices, non ? je lui ai opposé à haute voix.

Une écharpe de brume allumée par la lune me l'a cachée quelques secondes.

J'ai bourré deux pipes. Une pour moi, l'autre pour Tom qui semblait fixer ma copine.

– Petit sorcier, je lui ai dit en frottant son crâne de mon poing fermé.

Il m'a souri. J'ai cru lire la confiance et l'amour qu'il éprouvait à mon égard. Ça m'a fait comme un frisson. Le même que j'aurais ressenti s'il avait été mon propre fils. J'ai envoyé au diable mon étoile dans le ciel et ai caressé celle que je portais sur le cœur. Je me suis juré de m'accrocher à cette piste et d'employer toute mon énergie à confondre le crotale, les scorpions et le sanglier. Et tant pis pour les emmerdements au-devant desquels je filais. Tom s'était allongé à côté de moi. Il dormait, la pipe éteinte au coin de la bouche.

– C'est pour toi que je le ferai, petit bonhomme, je lui ai murmuré à l'oreille. Pour que ces salauds soient pendus haut et court et que justice soit faite.

On était en train de s'avaler une galette de maïs et une tranche de bacon grillée pour le petit déjeuner quand Heinrich Wendling, le fils cadet du forgeron, que tout le monde appelait Hank à

Brewsterville, a déboulé sur son cheval blanc. On l'a vu venir depuis l'horizon. Un petit point sombre grossissant à la vitesse du galop, loin, très loin, là où le vallon de Cottonwood Creek s'évase enfin pour déboucher sur la Paline Vacía. Puis, tel un centaure filant dans un nuage de poussière, la silhouette d'un destrier surmonté d'un buste humain s'est découpée. John a attrapé sa pétoire au cas où, moi j'ai mis la main sur mon colt.

À la tête que Wendling faisait en descendant de cheval, j'ai compris qu'il venait de se produire un gros bordel en ville.

J'aime bien Hank. Un bon gars, vaillant et loyal, comme le sont souvent les Allemands. Il a trouvé le moyen de concilier sa passion du désert et des rentrées régulières d'argent. De mai à octobre, il emmène des voyageurs fortunés faire de longues balades à cheval dans le Mojave. Des industriels, des banquiers, des politiciens et même un prince russe et un écrivain français dont j'ai oublié les noms. Il les abrite dans un hôtel au confort sommaire dont il loue les chambres à prix d'or. Il a construit cette bâtisse en adobe de ses mains, à Skeleton Canyon, un trou perdu à quatre milles au sud de Brewsterville. À lui seul, ce nom suffit à faire frissonner les bourgeois repus en quête de sensations brutes qui déboulent chez lui.

– Shérif Miller! a crié Hank Wendling d'une voix asséchée par la longue chevauchée qu'il venait d'accomplir. Les Indiens! Ils ont envahi Brewsterville. Ils sont partout. Au saloon, dans les jardins, les entrepôts, au cimetière… et même à l'église! Sont saouls et affamés. Sont armés aussi. Font peur aux femmes et aux enfants. Comme M. Hackett est parti voir sa poule à Prescott, y a personne pour les chasser et on m'envoie vous chercher.

Hank s'est servi quatre ou cinq louches d'eau fraîche au seau du puits. Dans ses yeux aussi rouges qu'un coucher de soleil, je pouvais lire la terreur de toute une ville. Pensez : des Indiens par dizaines accourus comme des revenants, pour demander des comptes à ceux qui tourmentent leur peuple, ça devait coller les chocottes aux bonnes âmes de Brewsterville.

– Putain de poussière, elle m'a bouffé les yeux! a-t-il juré en s'aspergeant le visage comme s'il craignait que je ne décèle l'effroi dans son regard. C'est pas qu'ils nous font peur shérif, mais ils n'ont pas leur place chez nous, vous comprenez? Et qu'est-ce qui va se passer pour les femmes s'ils commencent à chalumer?

– Elles vont découvrir le goût sauvage des longues étreintes indigènes, a ricané Winterbottom. Les Indiens sont de sacrées gâchettes. Ça va les changer des copulations minables auxquelles elles s'adonnent une fois la semaine avec leur époux.

Je savais que le vieux avait raison : les Indiens sont bien plus talentueux dans l'accomplissement de la bagatelle que les Blancs. Par ici, les hommes expédient l'affaire comme on se signe à l'église ou qu'on vide un godet au comptoir. Mais ce n'était pas une raison pour laisser l'ermite salace moquer ce brave Hank. Je lui ai fait signe de se taire, j'ai pris le jeune Wendling par l'épaule et lui ai promis de faire décamper les sauvages dès mon retour en fin de journée.

J'ai souri d'aise. Ça a surpris Hank et John. J'ai remis ça : un grand sourire, celui des vainqueurs tout à leur bonheur de dominer la situation. Je sentais que le vent tournait en ma faveur. J'avais quitté Brewsterville la queue basse sous les lazzis d'Artie Hackett. J'y revenais en héros avec une hypothèse plausible et une brochette de suspects. Et, en prime, tous les habitants de la ville attendaient que le shérif Ocean Miller les débarrasse de la vermine indigène qui avait osé s'inviter chez eux.

Tom a dû comprendre qu'il fallait mettre les voiles. Il a interrompu le dessin qu'il venait de commencer et me l'a tendu. C'était un magnifique visage d'Indien. Sans doute un Hualapai. Le gosse n'avait pas eu le temps de lui faire une bouche si bien qu'on ne voyait que ses yeux tristes sous sa frange épaisse. J'y ai lu la détresse de tout un peuple.

9

Les Indiens sont dans la ville

Les Hualapais de Juniper Springs avaient pris leurs quartiers dans mon bureau. Ils avaient bouclé Abner Drinkwater dans la geôle et fait main basse sur les armes du râtelier. À leur équilibre précaire, j'ai compris qu'ils avaient aussi fait un sort aux bouteilles de Gold Seeker que j'avais planquées dans une caisse de munitions. Ça m'a ôté le sourire que j'affichais depuis notre départ de Cottonwood Creek. Les poings sur les hanches, Tom a fixé les intrus, qui n'en ont pas été impressionnés. Campé dans mon fauteuil, le chef, Hamok, m'a fait signe de m'asseoir face à lui. Je lui ai dit d'aller se faire voir. Le canon d'un fusil braqué sur moi, j'ai libéré Abner et aussi exigé que les armes me soient rendues. En pure perte.

L'affaire était mal engagée. J'ai jeté un coup d'œil par la fenêtre. Pas un chat. En face, la forge Wendling, point de ralliement habituel des chalands de Brewsterville, était déserte. Warner, l'épicier, avait fermé ses volets et l'échoppe de Patterson, le barbier, n'offrait à ma vue que deux fauteuils dodus qui tendaient en vain leurs bras épais.

– Vous allez nous faire chier longtemps ? j'ai demandé à Hamok.

– Aussi longtemps que vous nous traiterez comme des chiens, il m'a répondu avec une lueur de défiance dans le regard.

Hamok était un type bien, mais coriace et un brin retors. Tout le monde l'appelait Hamok, ce qui veut dire « trois » en langue pai. Son vrai nom, long comme un sermon de prédicateur, avait quelque chose à voir avec le soleil qui court le long de la rivière au déclin du jour. Il parlait l'anglais mieux que la plupart des culs-terreux des environs. C'était le fils aîné d'un chef tué par des colons qui voulaient s'accaparer la source près de laquelle sa famille vivait depuis des lunes. Il avait combattu les Blancs avant de rejoindre l'armée du général Crook comme scout dans la guerre contre les Apaches. Il y avait appris à lire et à écrire. Contre l'assurance de percevoir des rations pour la soixantaine de personnes que comptait sa bande, le jeune chef avait accepté d'intégrer une réserve le long de la route de Kingman. Un coin abominable que même les corbeaux avaient renoncé à survoler. Douze milles carrés de collines grises battues par les vents, quelques pâtures vite brulées par le soleil d'été et une source à l'eau si épaisse qu'on ne pouvait la boire qu'après l'avoir filtrée à travers un drap de coton. Là, Hamok et les siens avaient tenté d'exploiter la terre, mais ç'avait été un échec : des rangs de maïs pitoyables, des avortons de courges et une centaine de moutons décimés par toutes les fièvres de l'enfer. Il s'était alors tourné vers le chargé des affaires indiennes, un brave type du nom de Sibley, pour lui rappeler que le gouvernement s'était engagé à fournir des vivres en échange de l'abandon de Juniper Springs. Grâce à Sibley, les premières livraisons avaient été effectuées au printemps. Mais après sa démission – Sibley s'en était retourné à l'Est enseigner la littérature anglaise à Philadelphie –, plus aucune marchandise n'avait été livrée, si ce n'est un lot de nourriture avariée qui avait dû macérer plusieurs hivers au fond d'un entrepôt humide de l'armée. Les Hualapais étaient en pétard.

– Regarde, tu mangerais ça, toi ? m'a lancé Hamok en jetant sur mon bureau un morceau de viande bouffée par les vers, des gâteaux moisis et une poignée de blé charançonné. Les femmes sont malades, les enfants meurent et les vieux se désespèrent. Je ne repartirai d'ici qu'avec deux chariots pleins à ras bord de rations.

– Ce sera tout ? j'ai demandé d'un air pincé.

– Non, je veux aussi les chevaux et les mules qu'on nous a promis, des charrues, des tombereaux, des fusils, des balles et de la poudre…

Pourquoi fallait-il toujours que ce genre d'emmerdements me tombe dessus ? Alors que j'avais enfin quelques espoirs de confondre les meurtriers de l'homme-tronc, voilà que ce diable d'Hamok venait tout compromettre. J'allais devoir convaincre Bert Thomas, le nouveau chargé des affaires indiennes, de satisfaire les exigences des envahisseurs de Brewsterville. Ce ne serait pas une mince affaire. Thomas était un incapable doublé d'un escroc. Il partageait son temps entre bordels et salles de jeu de Prescott, et se contrefichait de la charge qui lui avait été confiée. Les Hualapais le soupçonnaient de se faire la pelote en revendant aux colons les vivres qui leur étaient destinés. En sus, j'allais devoir palabrer avec Hamok qui ne manquerait pas de faire monter les enchères, conformément à ses habitudes. Les négociations allaient certainement durer des semaines. Autant dire que mon enquête en subirait les conséquences. Pour sûr, quand Artie Hackett rentrerait de Prescott, ce qui n'allait pas tarder, il me tancerait à nouveau, et si possible en public, de ne pas avoir coffré les assassins. J'ai soufflé de dépit. Hamok, qui ne ratait jamais une occasion de se payer ma tête, m'a imité en produisant avec ses lèvres épaisses le renâclement d'un cheval. Ses braves ont explosé de rire, de ce rire gras et fort que libère l'alcool. Ils se sont mis en cercle autour de moi et ont imité leur chef. Un vacarme à la mesure de la honte que j'éprouvais. J'ai regardé par la fenêtre de crainte d'y voir tout Brewsterville observer son shérif se faire humilier par les intrus. Toujours pas un chat, heureusement.

Tom a tendu à Hamok le portrait qu'il venait de faire de lui. Une pure merveille! Les cheveux épais ceints par une feuille de yucca, des yeux vifs fichés sur des pommettes hautes, un long nez épaté et une bouche charnue au-dessus d'un menton rond. J'ai vu les yeux d'Hamok sourire. Il a plongé la main dans la tunique de l'armée qu'il portait à même la peau et en a sorti une dent de couguar sertie dans une couronne d'argent au bout d'une lanière de cuir. Tom a enfilé le collier avec l'empressement d'une jeunette recevant son premier bijou. Le chef lui a expliqué qu'il avait lui-même tué cette bête du côté de Juniper Springs peu de temps avant que sa bande, alors commandée par son père, ne soit déportée à la réserve de La Paz dont ils avaient fini par s'échapper.

– Quand nous sommes revenus chez nous, les colons nous ont chassés à coups de fusil, a-t-il expliqué à Tom. Nous avons eu six morts. Et le gouvernement n'a rien voulu savoir. Ni celui du territoire d'Arizona ni celui de Washington.

– Ne te fatigue pas, Hamok, ce gosse est sourd et muet, je lui ai dit.

– Il n'a besoin ni d'entendre ni de parler pour comprendre et s'exprimer. Il n'y a que vous, les Blancs, pour croire que seules la bouche et les oreilles permettent de dialoguer.

D'un geste de la main, j'ai coupé court à la leçon de morale, une des spécialités d'Hamok. Il rabâchait que, contrairement aux apparences, les Indiens étaient bien plus évolués que les Blancs. Ses frères n'avaient pas inventé le fusil ou le train, mais eux savaient converser avec les esprits, le soleil et les animaux. À en juger par la veulerie des colons et des prospecteurs du coin, je suis tenté de lui donner raison. Mais quand je vois ces loques humaines de Hualapais échanger leur femme ou leur fille contre un peu de whiskey, je me dis qu'ils tiennent plus des chiens galeux que des enfants de Dieu.

– Tu me demandes la lune, j'ai lancé à Hamok. Je n'aurai pas tout ce que tu me réclames avant un bon bout de temps. Et si vous restez en ville, ça va certainement faire du vilain. Les habitants vont s'organiser en milice et vous chasser à coups de fusil avant que l'armée ne rapplique et ne finisse le travail. Alors voilà ce que je te propose, Hamok. Vous quittez la ville et moi, je fais tout mon possible pour vous procurer ce que vous avez demandé d'ici, disons, deux ou trois mois.

Abner Drinkwater s'est cru obligé d'acquiescer. Tom l'a imité. Hamok, lui, est resté impassible et a secoué la tête, les yeux clos.

– Nous resterons ici tant que les engagements du traité de Kingman ne seront pas respectés, il a répondu. C'est une question d'honneur, mais aussi de vie ou de mort pour les miens. Par ailleurs, nous ne voulons plus de ce Bert Thomas. Qu'on nous rende Sibley, lui savait tenir ses promesses.

« Du Hamok tout craché », j'ai pensé. Toujours à rajouter la condition impossible qui compromet les négociations en voie d'aboutir. Comme cette fois où il avait accepté de rendre deux veaux volés par ses hommes contre une mule, avant de demander au colon de rajouter un chariot.

– Pour Sibley, je ne peux rien faire. Quant aux livraisons, ce sera avant l'hiver, un point c'est tout, j'ai répliqué d'un ton assuré.

Hamok a de nouveau refusé. J'ai senti la colère monter en moi. J'ai claqué la porte et suis parti me promener avec Tom sur mes talons.

Je n'avais jamais vu l'avenue principale de Brewsterville aussi déserte. On aurait dit le lit d'une rivière asséchée. Les bicoques qui la longeaient paraissaient encore plus consternées que d'habitude. Tous les habitants s'étaient claquemurés. Les commerçants avaient déserté leurs boutiques et épiaient les Hualapais depuis leur logement à l'étage. J'ai vu quelques canons de fusil briller derrière les vitres. Sur la chaussée, une ribambelle de sauvages déambulaient, armes à la main. Beaucoup titubaient. Sans doute avaient-ils fait le plein de gnôle chez Babonneau. La porte du saloon avait été défoncée. Un grand brave qui portait un chapeau à plumes et un pantalon indigo de l'armée gardait l'entrée, les yeux dans le vague. Un autre a fait mine de me viser avec son Springfield et a imité le bruit d'une détonation. Les gamins qui l'escortaient ont éclaté de rire. Je suis resté impassible. Une famille avait investi l'entrepôt désaffecté qui fait face à la mairie. Elle s'apprêtait à manger le chien étendu dans une mare de sang qu'une fillette pelait.

Les édiles étaient réunis à la mairie. Derrière la fenêtre, j'apercevais le chapeau melon de Seth Howard, le banquier, la crinière blanche du Dr Berwyn et le crâne luisant de Jake Warner, l'épicier. J'ai cru aussi distinguer la haute silhouette et la chemise rouge d'Hank Wendling. Ils tournaient autour de la table comme des ours en cage. Tom a eu un mouvement de recul. Quelques jours plus tôt, il avait subi ici même un terrible interrogatoire. Je lui ai fait signe de garder nos chevaux. Je suis entré en bombant le torse et sans retirer mon chapeau, comme je le fais par déférence pour les représentants de l'autorité municipale. Je n'allais pas me priver du plaisir d'une petite humiliation !

– Shérif Miller, en l'absence d'Artie, c'est à vous de prendre la direction des opérations, a dit Seth Howard d'une voix émue. Il vous faut nous débarrasser des sauvages au plus vite. La sécurité des citoyens de Brewsterville est entre vos mains.

– Surtout celle des femmes, a ajouté Jake Warner en passant un mouchoir sur son crâne d'œuf. Il faut voir comment ils les regardent. Ma pauvre Martha s'est évanouie quand l'un de ces monstres lui a exhibé son sexe turgescent.

Je n'ai pas pris la peine de réprimer mon sourire. J'aurais adoré voir ça. Les Hualapais se fichent des conventions et ne se gênent pas pour faire savoir tout le bien qu'ils pensent d'une femme à leur goût. Et Martha Warner – gros seins, hanches larges et fesses lourdes – présentait quelques appas bien engageants pour des Indiens en goguette.

– Nous vous invitons à user de la force, a poursuivi Howard. En réunissant tous les hommes présents, nous comptons pas loin de soixante fusils. Nous serions en position de supériorité étant donné qu'ils sont ivres morts.

– Il ne faut pas compter sur moi pour soigner leurs blessés, a aboyé le Dr Berwyn.

J'ai soufflé comme je l'avais fait un peu plus tôt avec Hamok, mais aucun de ces messieurs n'a eu l'idée de se moquer de moi.

– Je ne tirerai pas un seul coup de feu, je leur ai dit. Leurs revendications sont légitimes. Nous leur devons la nourriture, les couvertures, les charrues, les chevaux, les mules, tout le bazar qui leur a été promis. Hamok s'engage à partir sitôt la marchandise livrée.

Jo Breitbach, le cordonnier, a craché à ses pieds pour signifier son désaccord. Hank Wendling, lui, a hoché la tête en signe d'approbation. Je me suis senti un peu moins seul.

– La parole d'un Indien ne vaut pas plus que la tienne, shérif à la noix!

J'ai reconnu la voix de castrat d'Aaron Leyland. Une fois de plus, le crotale faisait honneur à son surnom : il s'était glissé dans la salle sans que je m'en aperçoive.

J'ai vissé mes yeux dans ses prunelles caca d'oie. Dieu que je n'aimais pas ce type! Je me suis offert un petit plaisir en l'imaginant montant à la potence. Il tortillait sa longue silhouette aux épaules tombantes tout en chialant comme un môme. Le claquement de ses dents et le tremblement de ses longues jambes qui s'entrechoquaient rappelaient le cliquetis du serpent à sonnette.

– J'en ai pas mal sur ton compte, mais nous en parlerons plus tard en tête à tête, je lui ai annoncé d'une voix calme.

Les autres se sont regardés, incrédules. À ses mâchoires serrées, j'ai compris qu'Hank Wendling refrénait une furieuse envie de lui mettre son poing dans la gueule.

J'avais fait mouche. Aaron Leyland a rougi et s'est lové comme un serpent touché par une balle de fusil. Sans doute venait-il de comprendre que je n'étais pas rentré les mains vides de ma virée dans le désert. Les notables se sont écartés de lui, me signifiant qu'ils s'en remettaient à leur shérif.

– Pour l'heure, c'est moi qui prends les commandes des opérations. Si vous voulez les faire déguerpir, il va au moins falloir leur donner un acompte sur ce que le gouvernement leur a promis, j'ai ajouté. Rassemblez du lard, de la farine, des couvertures, une ou deux charrues, des chevaux de remise et je fais mon affaire de convaincre Hamok de dégager au plus vite.

– Et en admettant que nous acceptions votre proposition, qui va nous payer ? a demandé Jake Warner d'un ton inquiet.

– Nous verrons plus tard. La priorité, c'est qu'ils décampent, ou nous allons au-devant d'incidents et peut-être même d'une catastrophe, j'ai répondu. Et je ne vois pas d'autre solution que de leur témoigner notre bonne volonté en leur refilant un plein chariot de camelote.

À la mine renfrognée de mes interlocuteurs, j'ai compris que ça n'était pas gagné. Alors je me suis fâché :

– Mais enfin, vos réserves sont pleines de nourriture que jamais vous ne pourrez consommer ! j'ai gueulé. Et dans vos hangars, il y a bien quelques charrues rouillées et des tombereaux fatigués qui feraient leur bonheur. Sans compter les chevaux et les mules de réforme que vous destinez à l'abattoir. Un petit effort, bon Dieu de bon Dieu ! Faites-le, vous aurez la paix et pourrez reprendre vos occupations. Pensez à tous les dollars qui ne rentreront pas dans vos caisses tant que les Hualapais seront en ville.

Ce dernier argument les a touchés. Surtout Jake Warner qui était censé représenter la communauté des commerçants de Brewsterville. Il s'est avancé d'un pas et a dit :

– Pourquoi pas, si cela nous permet d'en finir avec cette mascarade.

Seth Howard l'a fusillé du regard et, un doigt pointé dans ma direction, a lancé :

– Shérif Miller, nous apprécions la détermination dont vous faites preuve pour nous débarrasser de cette vermine mais, voyez-vous, toute chose a un prix. Même ce qui n'a plus de valeur à vos yeux. Si les sauvages veulent tout cela, qu'ils nous le payent. Et au comptant. Pas question de faire crédit à ces gens sans avoir une hypothèque en garantie.

– Mais ils n'ont pas un penny en poche ! Bon sang, mettez donc en pratique cette charité chrétienne qui vous est prêchée tous les dimanches, je leur ai lancé, les mains jointes sur la poitrine.

J'ai regretté l'absence du pasteur Sheppard qui devait être en train de cuver sa gnôle au fond de l'église. Sa présence m'aurait aidé à emporter l'adhésion de ces bourriques.

– Un enfant de Judas qui dicte leur conduite à d'honnêtes chrétiens, vous ne manquez pas d'air, shérif Miller ! a grincé le crotale. Ceux qui, parmi vos ancêtres, ont décidé de crucifier le Seigneur Jésus étaient certainement aussi peu recommandables que vous. Bon sang ne saurait mentir !

J'ai accusé le coup. Si nous avions été seuls, je l'aurais abattu en expliquant qu'il avait voulu attenter à ma vie. Mais je suis resté maître de moi en serrant tout ce que je pouvais serrer : dents, mains et fesses. Et je me suis juré que l'heure de la revanche sonnerait.

Le silence s'est fait. Jake Warner, lui-même d'origine juive, m'a regardé d'un air désolé. Seth Howard aussi. Le Dr Berwyn s'est curé les oreilles d'un air détaché.

C'est Patterson, le barbier, qui a repris les affaires en main :

– D'accord pour leur livrer la came. Je peux leur avancer un sac de farine et des couvertures. Et je suis sûr que chacun, ici, a des rogatons à leur refiler. Mais il faudra qu'ils nous signent des reçus. Pas de reçus, pas de marchandise, il a renchéri en mâchonnant un moignon de cigare éteint.

– Paiement au comptant, a encore aboyé Howard.

– Reçu, ont répondu en chœur ses acolytes, excepté le crotale qui boudait ostensiblement.

– Bon, c'est entendu, reçu, a fini par souffler Howard.

La vénalité des bourgeois de Brewsterville me désespérait. La bande de Juniper Springs avait envahi la ville parce que notre administration la laissait crever. Et ces andouilles voulaient la contraindre à signer des reçus pour se faire rembourser quelques dizaines de dollars. Il s'en est fallu de peu pour que je me lance dans une diatribe sur les spoliations dont les Hualapais avaient été victimes et comment leur population, depuis la colonisation de l'Arizona il y a moins de trente ans, avait fondu de deux tiers.

J'ai attendu que retombent les tensions qui avaient envahi la salle en même temps que cette odeur à la fois âcre et fétide qu'exsudent les Blancs quand ils ont les foies. Je voulais que le conseil municipal de Brewsterville médite l'alternative que je venais de lui offrir : rester sourd aux demandes du chef Hamok et risquer des violences, ou se débarrasser de leurs surplus afin d'obtenir le départ des Hualapais. Tous les regards, y compris celui du crotale, étaient braqués sur moi. J'ai fait comme si je ne les voyais pas. J'ai allumé une pipe et jeté un coup d'œil dehors. Au milieu de la chaussée, Tom mimait le vol de l'autre Patterson, le caracara huppé de John Winterbottom, devant une douzaine de jeunes Indiens médusés. Il fondait sur une proie imaginaire puis reprenait de l'altitude avec vingt-quatre prunelles suspendues à ses mouvements.

– Alors ? j'ai demandé, interrompant la petite assemblée réunie autour de Seth Howard qui griffonnait une liste de mots sur une feuille de papier.

– Alors, qu'ils aillent se faire foutre ! a sifflé Aaron Leyland. Je file à Prescott demander à la cavalerie de venir restaurer l'ordre que M. Miller, le plus minable des shérifs de l'Ouest, est incapable de faire respecter.

– Vous n'en ferez rien ! a hurlé Seth Howard en tapant du poing sur la table. Les risques d'un bain de sang sont réels et, en l'absence d'Artie, il nous appartient de prendre la décision qui sert le mieux les intérêts de notre communauté.

Le banquier a exhibé la feuille noircie de pattes de mouche et a poursuivi :

– Jake et moi allons réunir un plein chariot de nourriture et d'outils, puis rassembler quelques bêtes de somme hors d'usage auprès des bons citoyens de Brewsterville. Mais attention, nous exigerons un reçu. Sans celui-ci, nous ne livrerons pas la marchandise.

– Pas de reçu, pas de marchandise, a répété Patterson, trop content qu'on ait tenu compte de sa requête.

C'était mieux que rien. Pour son reçu, Howard et les autres pourraient aller se faire voir. Mais pour obtenir l'accord d'Hamok, c'est moi qui me ferais recevoir. « Deux pleins chariots », il avait dit. Un seul ne suffirait pas à satisfaire ses exigences. Autant dire que je m'exposais à une nouvelle déconvenue. Elle ne manquerait pas de consommer le filet d'autorité dont je disposais encore aux yeux de la population locale. C'est là que j'ai eu une idée de génie. C'est Tom qui se coltinerait la négociation avec ce diable d'Hamok ! Je suis sorti d'un bond, me suis assis sur les marches et j'ai dessiné à la va-vite des tonneaux de lard, trois charrues, des rouleaux de couverture, un sac de farine, deux mules et un cheval. Avec force gestes, sans doute désordonnés et ridicules à en juger par l'hilarité qu'ils suscitaient chez les petits Indiens, j'ai fait comprendre à Tom que je destinais toute cette camelote aux Hualapais en échange de leur départ. Je me suis tourné vers les édiles. Le visage collé aux vitres, ils ont fait mine d'être absorbés dans leurs pensées quand je les ai fixés.

Tom a vite pigé. Il a reproduit le dessin d'un Conestoga[1] plus vrai que nature et a aligné devant la marchandise dont je m'étais contenté d'esquisser les formes. Son dessin était saisissant de réalité. Les petits Hualapais étaient bouche bée. Moi aussi, je crois bien.

J'ai pris Tom par la main et nous avons remonté l'avenue principale d'un pas assuré, Amber et Princess à notre suite. Sage précaution ! À la manière dont les hommes d'Hamok reluquaient nos montures depuis les trottoirs, nous n'aurions pas manqué de nous les faire faucher. Tous les yeux que comptait la ville étaient braqués sur nous. J'ai fait signe au petit d'aller trouver le chef et

1. Inventé au XVIIIe siècle par des Allemands mennonites de Pennsylvanie, le Conestoga était le plus répandu des chariots bâchés (*covered wagon*) utilisés par les colons en route pour l'Ouest.

de lui montrer son dessin. Connaissant le lascar, je savais qu'il allait prendre son temps avant de donner son accord. J'ai donc décidé d'aller me faire offrir un remontant chez Emily, et même plus si elle était d'humeur.

À son regard épuisé, j'ai compris que pour la bagatelle, je devrais repasser. Sa maison était envahie d'Indiens. Il y en avait partout. Sur le porche, dans la cuisine, le salon et même dans sa propre chambre dont la porte était grande ouverte. Une femme enceinte était allongée sur son lit et gémissait. Partout, des mômes dévoraient à pleine bouche des morceaux de poulet qu'ils avaient enduits de confiture de tomate verte et de miel. J'ai eu un haut-le-cœur.

– J'ai honte pour l'Amérique, Ocean ! m'a lancé Emily en me tendant un verre d'eau. Nous les tuons, nous leur volons leur terre, nous leur transmettons nos maladies et nous les encourageons à boire comme des trous. Et, comme si ce martyre ne suffisait pas, on n'est même pas capables de respecter nos engagements ! Résultat : ils tombent comme des mouches. Une dizaine de morts en quelques jours, m'ont-ils dit. Quelle image leur donnons-nous de la civilisation que nous les contraignons à adopter ?

J'ai opiné pour ne pas la mécontenter. Je trouvais qu'elle poussait le bouchon un peu loin, mais comme j'espérais pouvoir la visiter nuitamment, je me suis gardé de la contredire. J'aurais pourtant eu quelques arguments à faire valoir : en les colonisant, nous avions mis fin à la traite humaine et aux tueries entre les différentes tribus. Mais, avec tout ce qui m'était arrivé depuis plus d'une semaine, je n'avais pas la force de supporter l'exaspérante voix de tête qu'elle prenait chaque fois que je la contrariais. Et puis, comme je vous l'ai dit, j'avais très envie de l'étreindre ; quand un homme a ça à l'esprit, mieux vaut qu'il soit docile s'il veut parvenir à ses fins. C'est quelque chose que j'ai appris à mes dépens avec Emily Hanson.

– Regarde-les ces deux-là, ils n'ont que la peau sur les os, elle a encore pleurniché en frottant la tête des mômes qui avaient déjà avalé un poulet entier et attaquaient une tarte aux pommes sur laquelle ils avaient déposé des lanières de bacon. J'ai eu un nouveau haut-le-cœur.

Emily a réajusté sa coiffe et m'a désigné la chambre à coucher où gisait la parturiente, une gamine qui ne devait pas avoir plus de quinze ans.

– Je suis sûre que son état de faiblesse aura raison d'elle, elle a chuchoté les yeux humides. Et tout ça parce qu'un soi-disant chargé des affaires indiennes fait fortune sur le dos des Hualapais. Ocean, je suis révoltée !

J'ai osé une main sur son épaule et lui ai promis de ravitailler la bande d'Hamok. Emily m'a retourné un sourire triste et m'a dit « merci » en m'ouvrant la porte. J'aurais apprécié qu'elle prenne de mes nouvelles et m'invite à la retrouver le soir même, mais le sort des Indiens de Juniper Springs l'avait mis hors d'elle. Et, sans me le dire, elle voyait en moi le complice de ce gouvernement qui faisait peu de cas des indigènes. Je me suis promis de revenir la voir une fois la marchandise livrée.

Je suis retourné à mon bureau. Enfin, façon de parler puisque celui-ci avait été réquisitionné par Hamok. J'ai failli me trouver mal en découvrant la scène qui s'offrait à mes yeux. Sur le pas de la porte, le chef et Tom partageaient une longue poignée de main, comme les généraux Ulysses Grant et Robert Lee avaient dû le faire à Appomattox[1], lors de la reddition des confédérés. Le gosse avait réussi là où j'aurais échoué. Il avait convaincu un chef roublard et pinailleur de déguerpir avec la moitié seulement de la marchandise qu'il réclamait. J'aurais aimé garder cette image pour moi mais d'un coup d'œil aux fenêtres des étages, j'ai su que tout Brewsterville nous observait.

– C'est bien parce que Tom et moi nous nous comprenons que j'ai accepté, m'a dit le Hualapai d'un ton dédaigneux. Si c'était toi qui m'avais proposé cet arrangement, tu serais allé te faire foutre, shérif Miller. Dès que le chariot est là, on s'en va, et si tu ne nous en obtiens pas un second d'ici les lunes froides, on revient, mais cette fois on met le feu à la ville, en commençant par ton bureau.

J'ai ri jaune. Tom faisait le fier, les bras croisés sur son torse bombé. Il ne manquait que le photographe pour immortaliser la scène et un tonnerre d'applaudissements pour achever de me ridiculiser.

– J'ai à te parler seul à seul, a encore dit Hamok sur le ton de la confidence.

Le jeune chef a fait sortir tous ses hommes, s'est assis à mon bureau et m'a invité à prendre place sur le banc qui lui faisait face. Je l'aurais giflé.

– Je sais que tu cherches à savoir qui a buté et découpé l'Anglais dans les Matevylia. Je peux t'aider…

J'ai dressé l'oreille tout en faisant mine d'être sûr de mon fait :

1. Ville de Virginie où, au terme de la dernière bataille de la guerre civile, le général Robert E. Lee, commandant l'armée confédérée, s'est rendu le 9 avril 1865 au général Ulysses S. Grant, chef de l'armée nordiste.

– Oui, je commence à avoir ma petite idée sur la question. Dis toujours.

– Moi, c'est plus qu'une petite idée que j'ai à te proposer. Je sais qui a fait le coup, a lâché Hamok en se curant les ongles de la pointe de son Bowie. C'est une bande de Mojaves. Ce sont eux qui ont mis en pièces l'Anglais parce qu'il ne voulait pas avouer où se trouvait la fameuse cassette.

Connaissant la haine séculaire que se vouaient Hualapais et Mojaves, j'ai accueilli cette allégation avec circonspection. Hamok a senti que je ne mordais pas à l'hameçon. Il a insisté :

– Ce sont des Mojaves qui l'ont massacré. J'en ai la preuve, en chair et en os.

Sans un mot, Hamok m'a pris par le bras et m'a emmené vers un réduit gardé par deux de ses hommes à quelques pas de mon bureau. Un Indien se tenait accroupi, les bras et les pieds ligotés, la tunique maculée de sang. Son visage était tellement tuméfié qu'on ne voyait pas ses yeux. Il m'a reniflé, truffe en l'air comme l'aurait fait un chien. Je n'avais pas pris ma douche hebdomadaire avant de partir dans le désert avec Tom et devais commencer à cocoter sérieusement. Il lui a fallu peu de temps pour comprendre que la silhouette qui se tenait devant lui était celle d'un Blanc.

– Je te présente Chico[1], a dit fièrement Hamok en agrippant le prisonnier par la tignasse. Cinquante dollars et il te raconte tout ce qui s'est passé dans la grotte avec le bout de langue qui lui reste, hein Chico ?

– Je ne paie pas pour obtenir des tuyaux percés, j'ai grogné.

1. Longtemps après la perte de la souveraineté du Mexique sur ces territoires, en 1848, beaucoup d'Indiens continuaient à porter des prénoms et des patronymes hispaniques.

– On peut aussi transiger : un de tes Springfield personnels fera l'affaire.

J'ai cédé, contre l'assurance que ses hommes rendraient toutes les armes prises au râtelier. Hamok a levé la main droite à la manière des vieux chefs indiens.

Je me suis assis sur un tabouret de vacher face au prisonnier et l'ai interrogé. J'ai pris des notes sur mon calepin au cas où ma mémoire me ferait défaut. Le type baragouinait une drôle de langue où se mélangeait le pai, l'espagnol et l'anglais. En prenant mon temps, et avec l'aide de quelques rasades du Gold Seeker qui avait échappé aux Indiens, j'ai fini par comprendre. Le Chico en question avait été recruté par Leyland pour pister l'Anglo et le gamin. Après les avoir logés, il devait donner l'alerte afin que la bande du crotale lui chipe la cassette. L'affaire a mal tourné. Quand ils ont déboulé, l'Anglais a fait feu, tuant Alfredo, le compagnon de Chico. Tom a disparu au fond d'une grotte. Le crotale a neutralisé le gars en lui tirant une balle dans le bras. Le sanglier l'a tabassé pour lui faire cracher l'endroit où se trouvait le magot, mais il est resté silencieux. Le crotale s'est énervé et a menacé de tuer le petit. L'autre, la gueule en sang, a répondu que ce n'était pas son fils et qu'il pouvait en faire ce qu'il voulait. Le sanglier et les scorpions sont entrés dans la grotte et ont tiré des coups de feu pour faire sortir le gosse de son trou, en vain. Leyland les a traités d'incapables, leur a dit qu'il ne voulait pas repartir bredouille, que la cassette était pleine d'or et que chacun aurait sa part. Chico a été chargé d'enfumer la grotte, sans succès. Alors le crotale a eu l'idée de torturer l'Anglais vivant afin que les cris fassent sortir Tom de sa cachette. C'est un grand type à casquette qui s'est chargé de la besogne, certainement Vilem Dudek. L'Anglais hurlait à la mort, ça résonnait dans tout le canyon. Le crotale a ordonné qu'on le maintienne en vie jusqu'au retour du petit mais le gars s'est évanoui. Dudek l'a secoué comme un prunier pour le ramener à lui. Ça n'y a rien fait, l'Anglais se vidait de son sang. Au bout de quelques minutes, il était mort. Le crotale était comme fou. Il a jeté des pierres aux scorpions, les gars ont eu peur, ils se sont tirés en vitesse. Le crotale a fait feu sur eux mais les a ratés. De rage, il a abattu Huktar, le frère de Chico, et s'est enfui avec le sanglier.

Chico a pris le corps de son frère, l'a hissé sur son cheval et c'est dans cet équipage que les hommes d'Hamok l'ont intercepté, le lendemain du meurtre. Ils l'ont torturé et passé à tabac comme il est de coutume chez les Indiens avec les prises de guerre. Hamok a ensuite eu l'idée de monnayer ses aveux. C'est pour cela qu'il l'avait traîné jusqu'à Brewsterville.

Le tabouret sur lequel j'étais assis n'avait pas trop de ses trois pieds pour me soutenir. Je tenais toute l'histoire de l'homme sans tête et avais un témoin à disposition pour accabler Aaron Leyland.

Je me suis tourné vers Hamok et Tom qui conversaient avec leurs mains. Le petit ne semblait pas affecté par la présence du Mojave. J'en ai déduit qu'il avait dû filer à l'arrivée du groupe et n'avait pas eu le temps de détailler les visages.

– Ce n'est pas un Springfield que je t'offre mais deux, avec une pleine caisse de balles et de poudre, j'ai annoncé à Hamok.

Il n'a pas pu s'empêcher de faire monter les enchères. Il m'a demandé un colt et voulait garder le Bowie pris à Abner. Quand j'ai accepté, il a ajouté qu'il voulait torturer Chico de ses mains, en mémoire de tous les Hualapais que les Mojaves avaient tués depuis des lunes et des lunes. Là, j'ai refusé. On s'est engueulés. Le jeune chef m'a expliqué que les fusils payaient les aveux mais pas Chico. Et que je devais lui offrir une compensation. Je lui ai dit d'aller se faire foutre. Trois de ses hommes se sont approchés avec un fusil braqué sur moi. J'ai baissé la tête et promis deux chevaux supplémentaires. Je pensais à ceux de Williamson qui en élevait une ribambelle, et dont j'avais fait blanchir le fils dans une histoire de viol. Bien sûr, lorsque le marché fut conclu, Hamok a demandé deux selles neuves en prime. Je lui ai promis celles des assassins une fois que je les aurais fait pendre. Son Bowie à la main, Hamok s'est avancé vers Chico et a posé la lame sur son cou, faisant poindre une goutte de sang. Il m'a dit qu'il récupérerait aussi les quatre chevaux des salopards. C'était à prendre ou à laisser. J'ai pris.

J'avais rajeuni d'au moins dix ans. Je ne sentais plus les rhumatismes qui torturaient mes genoux depuis des années. Même la chaleur étouffante ne me tourmentait plus. Au bout de l'avenue, Seth Howard, Jake Warner et Bill Patterson supervisaient l'affrètement d'un tombereau. Un gosse faisait rouler un tonneau. Du lard sans doute. Un autre tirait une charrette à bras qui contenait deux sacs de blé et des ballots de couvertures. Hamok avait maintenant rassemblé ses hommes et appelait les familles à se joindre à eux. Hank Wendling lui faisait signe de s'arrêter à la forge, sans doute pour y récupérer les deux charrues exigées. Emily est sortie de la maison, les mains sur le visage. J'en ai déduit que la parturiente et le bébé étaient morts. Deux hommes l'ont suivie avec un cadavre enroulé dans le dessus-de-lit qui m'était familier. Chapeau sur les couilles, le révérend Sheppard qui décuvait, à en juger par sa démarche chancelante, s'est recueilli au passage de la dépouille.

Hank Wendling s'est signé comme le font les catholiques à tout bout de champ. Les autres ne se sont pas donné cette peine. À leurs yeux, une squaw ne valait pas plus qu'un chien galeux.

J'ai cherché le crotale des yeux pour lui dire son fait et le mettre à l'ombre, mais je ne l'ai pas trouvé. Il avait disparu à la manière d'un serpent à sonnette surpris par les frimas.

10

L'HUMILIATION

TEXAS KING S'EST POINTÉ à Brewsterville quatre jours après le départ des Hualapais. Sitôt arrivé, il a filé au Babonneau où il a pris une chambre, s'est baigné et s'est changé. Je crois même qu'il a trouvé le temps de présenter ses hommages à Nativity Holmes avant de me retrouver à mon bureau. En m'aidant de mes notes, j'ai commencé à lui faire un compte rendu de ma virée dans le désert et des informations que j'y avais recueillies mais, le nez à la vitre, Texas ne semblait pas y prêter la moindre attention.

– La blonde, là, à la forge, elle est en main ? il m'a demandé.

Visiblement, la pulpeuse Ursula Wendling lui avait tapé dans l'œil.

Je lui ai répondu qu'elle était sur le point de se marier. Un mensonge destiné à le tenir à distance de cette brave fille, un peu candide, qui se serait laissé charmer par Texas. Mais ça ne l'a pas découragé.

– De toute façon, si je la veux, je l'aurai, il a dit en refermant son poing sur une proie imaginaire. Après cette sale piste que je viens de me taper jusqu'à ce trou, j'ai bien l'intention de me payer du bon temps avec les filles de ton patelin. Alors, qu'est-ce qu'on a sous la main, Ocie ?

Je lui ai parlé du crotale, du sanglier, des scorpions et de Chico, mais il m'a fait signe de m'arrêter :

– Non, Ocie, qu'est-ce qu'on a comme femelles pas trop farouches qui aimeraient s'envoyer en l'air avec le marshal le plus séduisant de tout le territoire d'Arizona ? J'aimerais rentabiliser ma nouvelle tenue.

Je l'ai détaillé de pied en cap. Il était beau, certes, mais si j'avais été une femme, il ne m'aurait pas fait beaucoup d'effet. Je me méfie toujours de ceux qui soignent leur tenue. S'ils se donnent tout ce mal, c'est pour dissimuler leur vraie nature. Ils me font penser à ces chevaux au bout du rouleau qu'on bouchonne et qu'on huile pour faire saillir leurs muscles et tromper les couillons. Texas portait un chapeau noir à bord plat orné d'un galon sang-de-bœuf, une chemise blanche sous une redingote tête-de-nègre. Alors que, dans le coin, on aime bien les pantalons à jambes larges qui facilitent le mouvement, il avait opté pour un modèle étroit qui accentuait la finesse de sa silhouette. Ses bottes, dont il avait retiré les éperons, étaient piquées d'arabesques. J'ai reconnu la patte de Collins, chausseur à Prescott, le meilleur de tout le territoire d'Arizona. Ainsi accoutré, Texas King ressemblait, au choix, à un croquemort des beaux quartiers de New York paré pour les obsèques d'une aristocrate ou à un prédicateur véreux qui se serait mis les oboles de ses ouailles dans les fouilles.

Restait son visage, tout en délicatesse, souligné par une barbiche soignée, et encadré par des boucles noires. Plutôt exotique dans cette contrée où le genre masculin se décline en chevelures claires, regards revêches, nez bosselés et mâchoires carrées.

– Alors Ocie, qu'est-ce qu'on a ? il a insisté.

J'ai égrené le nom de plusieurs bourgeoises de Brewsterville en soulignant leurs défauts : dents gâtées pour Rose Patterson, la jeune épouse du barbier, hygiène déplorable pour la femme de Jake Warner et bigoterie effrénée pour celle du Dr Berwyn, entre autres. Pas un mot, en revanche, sur les filles en fleurs de la ville pour lesquelles je ne me sentais pas l'âme de rabatteur.

– Bon, j'en suis quitte pour me taper la pute de chez Babonneau, a soupiré Texas. Heureusement qu'elle me fait un prix. À un dollar la passe, c'est déjà cher payé pour ce vieux tas de viande.

Vous l'aurez noté, l'élégance de Texas n'était qu'apparence. Côté grossièreté, il en aurait remontré aux plus indélicats des goujats de tout l'Ouest américain. Moi, j'aimais ce contraste. Ça participait au charme du personnage, que je savais également capable d'user de l'anglais le plus châtié pour faire de l'effet sur ses interlocuteurs.

Il a fini par s'asseoir face à mon bureau et a allumé une cigarette. Pour contrer les écœurants effluves sucrés de son tabac, j'ai bourré ma pipe.

– Ton histoire de crotale, de sanglier et tout le toutim, ça a l'air de tenir, il a dit. Tu as fait du bon boulot, Ocie, du très bon boulot.

Entre sa tenue de danseur mondain, sa lubricité frénétique, sa cigarette qui empestait l'air et sa façon de redoubler la fin de ses phrases, Texas King m'agaçait. Je l'aimais et le respectais cependant pour son courage physique et ses aptitudes à résoudre les énigmes les plus tarabiscotées.

– Maintenant, comment vas-tu faire pour les serrer ? il a poursuivi. Car, si j'ai bien compris, ce sont des coriaces qui ont le coup de feu facile et bénéficient de la protection du maire.

C'est pas gagné, Ocie, c'est pas gagné. Il faudrait aller trouver Hackett et lui raconter tout ça. S'il lâchait le crotale, tu l'aurais plus facile.

– Pas question ! j'ai répondu aussi sec. Ce fumier d'Hackett n'a de cesse de m'humilier et il a juré de me faire perdre mon étoile ! j'ai poursuivi dans un accès de colère en me frappant le cœur. Si on le met dans la confidence, on finit tous les deux entre quatre planches, à coup sûr : il va vendre la mèche aux autres, qui vont nous abattre.

Il a éclaté de rire tout en m'envoyant un nuage de tabac dans le nez.

– Quel naïf tu fais, Ocie ! On va aller trouver le maire et lui dire ce que nous savons des agissements de l'homme qui sera bientôt son gendre. Je ne lui donne pas cinq minutes pour rallier notre cause, pas cinq minutes. Comme il vient de passer quelques jours avec sa poule à Prescott, il est certainement de charmante humeur.

Texas a rejeté ses boucles sur ses épaules, ajusté les pans de sa redingote et demandé :

– Et sa fille, elle est comestible ?

– Ann Hackett est une jeune femme de bonne moralité, autrement plus distinguée que son géniteur. Et c'est navrant que ce dernier la destine à cette crapule d'Aaron Leyland. Mais ne compte pas sur moi pour te la présenter.

Texas a haussé les épaules comme pour me dire : « Je n'ai pas besoin de ton entremise pour m'introduire auprès de cette petite. »

– Et pour la visite chez le maire, pas question ! j'ai continué. Je n'irai pas. Je n'ai pas pour habitude de courir au-devant des échecs. Artie Hackett me méprise et moi je le déteste. Jamais il ne lâchera Aaron Leyland parce que son « shérif à la manque » nourrit des soupçons à son égard. Si vraiment tu y tiens, Texas, tu iras sans moi.

Là, le marshal a changé d'attitude. Son corps s'est raidi, son visage s'est crispé et sa peau est devenue presque aussi claire que sa chemise. Il s'est avancé au-dessus de mon bureau. Le bord de son chapeau touchait mon front. Les notes épicées de sa saloperie de tabac aigries par son haleine de dents cariées me soulevaient le cœur. Il est resté ainsi un moment, ses prunelles claires dans les miennes, sans mot dire. Puis il a abattu une main sur mon épaule et m'a lancé d'un trait :

– Les états d'âme du shérif Ocean Miller font autant d'effet sur moi que les seins flasques et les fesses fondues d'une vieille rombière sur ma queue. Alors, range-les vite fait ! Si je suis U.S. marshal et que tu n'es qu'un shérif minable, c'est que, contrairement à toi, j'ai toujours su prendre les décisions appropriées. Tu es de ceux qui évitent les problèmes et moi de ceux qui les affrontent. On va aller voir le maire ensemble, tu vas lui raconter toute l'histoire et on va obtenir qu'il tourne le dos à ce Leyland. En prime, je lui demanderai de nous donner quelques hommes pour aller arrêter ces enfoirés. Et si, par-dessus le marché, je peux m'envoyer sa fille, tout ira pour le mieux dans le meilleur des mondes.

– Sitôt que nous lui aurons tout déballé, il préviendra le crotale et nous n'aurons plus que quelques heures à vivre, j'ai répété avec le filet de voix qui me restait.

Alors, il m'a attrapé le nez. Il l'a serré si fort que des larmes me sont venues au coin des yeux.

– On ne gagne pas un combat qu'on croit perdu d'avance, Ocie ! il a gueulé. Et on ne domine jamais une situation quand on laisse son cœur prendre le pas sur la raison. Dans ce bas monde, c'est ce qui fait la différence entre ceux qui maîtrisent leur destin et ceux qui le subissent.

Il me serrait toujours le nez entre son pouce et son index. J'ai jeté un regard vers Tom. Les yeux écarquillés, il avait l'air de compatir à ma détresse. À cet instant, je m'en suis voulu de l'avoir rossé deux ou trois fois. Ce gosse était le seul être humain, avec Emily Hanson et Abner Drinkwater, qui éprouvait pour moi sinon de l'amour, au moins de l'affection. Ça m'a fait chaud au cœur. Avec une voix de canard, j'ai à nouveau tenté un « ça ne marchera pas ». En réponse, King m'a repoussé au fond de mon fauteuil.

– Ici, c'est moi le chef ! il a hurlé. On va faire ce que j'ai décidé. Et si tu refuses, c'est moi qui retirerai ton étoile, shérif de merde !

Je me suis senti vraiment minable. Mon principal soutien me lâchait et me renvoyait à son tour l'image d'un pauvre type, incapable de se montrer à la hauteur de sa fonction. Mon cœur tambourinait dans ma poitrine. Des gouttes de sueur roulaient sur mes joues. Mes mains tremblaient comme celles d'un vieillard sénile. Même la vision de Tom, dont la petite silhouette se découpait maintenant dans l'embrasure de la porte, n'a pas suffi à me faire reprendre le dessus. Le gosse a filé dans la remise, y a farfouillé un moment et en est ressorti avec un fond de bouteille de Gold Seeker que j'ai vidé cul sec.

Texas King a ricané.

– Je comprends mieux pourquoi tu es devenu aussi minable, mon vieil Ocie. L'alcool te bouffe la tête. À chaque gorgée, c'est un peu de ta détermination et de ton discernement qui foutent le camp. On emmène ton Indien ou ce qu'il en reste, il a ajouté en parlant de Chico qui ronflait dans la geôle. Et le gosse vient avec nous, ça fera bien dans le tableau.

– Dans le tableau ? j'ai demandé.

– Oui, dans le tableau, tu comprendras Ocie, tu comprendras.

Quand on est entrés dans le bureau d'Artie Hackett, ce dernier m'a décoché un regard sardonique après avoir salué Texas King avec déférence. Heureusement que j'avais bu. Ça m'a aidé à faire face à la situation. Les yeux plantés dans le mur, juste au-dessus de la tête du maire, histoire de ne pas me laisser distraire par ses rictus désobligeants, je lui ai déroulé toute l'histoire : les confidences de McCulloch, la mort de Vilem Dudek et les aveux de Chico. L'Indien faisait oui de la tête mais Hackett se gardait bien de le fixer. C'est vrai qu'avec son nez tuméfié, ses lèvres boursouflées et ses balafres, il faisait peur à voir, le bougre. J'ai aussi évoqué les confidences que m'avait faites Winterbottom en les attribuant à un étranger de passage.

Lorsque j'en ai eu fini avec mon rapport, j'étais plutôt content de moi. J'ai osé fixer Artie Hackett dans les yeux. J'ai cru y déceler une lueur d'intérêt. Ma satisfaction a été de courte durée. Dès que Texas King a pris la parole, j'ai ressenti ce que doivent éprouver les mineurs des Hatchoq quand une galerie mal étayée s'effondre sur eux. Sans un mot de félicitations ni un regard d'approbation à mon égard, le marshal s'est adressé à Hackett :

– Monsieur le maire, je sais que vous ne tenez pas ce pauvre shérif Miller en grande estime, à tort ou à raison. Je sais aussi la déconvenue qui vous étreint s'agissant de l'homme auquel vous destinez votre fille. Mais je connais votre sens de l'honneur, votre attachement au respect de la loi et de l'ordre, les deux jambes qui portent la civilisation américaine dans notre belle contrée d'Arizona. Les États-Unis d'Amérique doivent beaucoup aux hommes de votre trempe et je conçois que vous rechigniez à confier à un individu comme ce pauvre Ocie le soin d'en être l'incarnation.

Artie Hackett buvait du petit lait. Il me faisait penser à ce corbeau d'une fable d'un auteur français dont j'ai oublié le nom. Dans le rôle du renard, Texas King était tellement convaincant que j'ai craint qu'il ne pense vraiment ce qu'il disait. J'ai regardé Tom. Il m'a fait un clin d'œil. Je le lui ai rendu. Ça ne m'a pas consolé longtemps. Je savais que le gamin n'avait pipé goutte à mon topo et au boniment de Texas King. Peut-être, cependant, mesurait-il l'épreuve intime que je traversais et voulait-il en alléger ma souffrance ? J'ai aussi eu un regard pour Chico. Il hochait toujours la tête. Mais il aurait sans doute fait de même si je lui avais affirmé qu'il ne valait guère mieux qu'un crapaud-buffle.

– Je veux vous rassurer, il n'y aura pas de malentendu entre nous, cher monsieur Hackett, a poursuivi Texas. Au nom des pouvoirs qui me sont conférés par le gouvernement des États-Unis d'Amérique, je dessaisis le shérif Miller de la responsabilité de cette enquête sur le meurtre de l'homme-tronc. J'en assurerai moi-même la conduite et vous en rendrai compte comme il se doit. Nous allons sans tarder partir à la recherche des assassins avec le concours de quelques hommes que vous voudrez bien nous confier. Jeunes, vigoureux et habiles de la gâchette, si possible.

Hackett se trémoussait de joie et son fauteuil ne cessait de couiner. Il n'a pas pu s'empêcher d'en rajouter :

– En voilà une bonne nouvelle, marshal King ! Je l'interprète comme un premier pas vers le dessaisissement de ce shérif qui fait honte à notre communauté.

J'endurais l'une des plus terribles humiliations de ma vie. Mon humeur oscillait entre l'abattement et la colère. Contre vents et marées, j'avais obtenu que l'innocence de Tom soit reconnue. Surtout, j'avais fini par réunir assez d'éléments pour confondre le crotale et ses sbires. Mais au moment où un succès pouvait s'offrir à moi, on me volait la victoire au prétexte que j'étais un incapable doublé d'un poivrot. Texas King rentrerait à Prescott auréolé de ce nouveau succès. Moi, je resterais dans mon trou à supporter les regards condescendants du maire et des bonnes âmes de Brewsterville, convaincus qu'ils tenaient en Ocean Miller un shérif minable. Comment le marshal King avait-il ainsi pu me mettre plus bas que terre ? L'homme qui m'avait jusqu'ici témoigné de l'amitié, celui qui m'avait assuré de son soutien lors de ma visite à Prescott et s'était même débrouillé pour que je reparte avec un cheval frais, me jetait comme un mégot de ces satanées cigarettes. Quelle mouche l'avait donc piqué pour me maltraiter ainsi ?

La réponse du maire m'a estomaqué. Celui que je tenais pour une crapule vaine et vénale m'est apparu comme un citoyen droit et sage. Je répète ces mots au cas où vous peineriez à les accoler à ce bonhomme que j'ai tant décrié jusqu'ici : droit et sage, bien que toujours animé d'un mépris tenace à mon égard, comme en témoignèrent ses premiers mots.

– Marshal King, je m'en remets entièrement à vous, a-t-il commencé d'un ton sûr. Je suis heureux de constater que nous partageons les mêmes réserves quant aux compétences du shérif Miller. Vous comprenez mieux pourquoi j'aspire tant à le voir dessaisi de ses fonctions. Entendre de votre bouche que cet homme n'est pas digne de porter l'étoile me rassérène. En attendant de régler son sort, je me réjouis que vous preniez cette affaire en main. C'est l'assurance qu'elle sera conduite à son terme au mieux des intérêts de l'ordre public, de la défense de notre communauté et de la réputation de Brewsterville.

– Et pour votre futur gendre, Aaron Leyland ? a demandé Texas King d'un ton intrigué.

– J'ai promis ma fille à ce garçon au nom de raisons assez éloignées de la morale chrétienne, je l'avoue. J'ai toujours eu des doutes sur la nature de ses activités mais m'en suis remis à ses dénégations. La fortune colossale amassée par M. Leyland représentait l'assurance d'un avenir prospère pour ma petite Ann et ses futurs enfants. Mais au regard des charges qui pèsent sur lui, je vous invite à être impitoyable. Je trouverai un autre mari pour ma fille. Elle est si belle, je n'aurai que l'embarras du choix.

J'ai décelé une lueur lubrique dans la prunelle de Texas King. Une jolie jeune femme, pleine aux as de surcroît, c'était une aubaine pour le marshal qui rêvait de déposer les armes, de se marier et d'investir dans un élevage de chevaux.

J'ai opiné dans un sourire.

– C'est vrai qu'Ann est ravissante, j'ai dit d'un ton rêveur.

Mal m'en a pris. Artie Hackett m'a décoché un regard plein de dédain. Je me suis tourné vers Texas King. Son froncement de sourcils m'intimait l'ordre de la fermer. Je me suis enfoncé un peu plus dans mon fauteuil. J'ai alors senti la main de Tom posée sur mon bras. J'allais la repousser quand j'ai réalisé qu'elle m'aidait à refaire surface. Il a fermé les yeux comme pour m'encourager. J'ai repris le dessus et me suis redressé sur mon fauteuil. Comment ce gosse faisait-il pour capter ma détresse sous l'expression impavide de mon visage ?

Pendant ce temps, King et Hackett faisaient leurs affaires. Six hommes nous accompagneraient dans notre chasse au crotale, au sanglier et aux scorpions, le lendemain, dès l'aube. Parmi eux, le valeureux Hank Wendling et Sam, le cadet des Warner, connu pour son adresse au tir. Ils en ont aussi profité pour régler le sort de Chico.

– Inutile de se lancer dans un procès, on le pendra haut et court, a dit Texas.

J'ai eu beau objecter que le pauvre type n'avait eu qu'un rôle subalterne dans le meurtre de l'Anglais, les deux n'ont rien voulu entendre :

– Pendu haut et court, on te dit, Ocie, m'a jeté le marshal avec un regard condescendant. Même s'il n'a été qu'un vague complice des assassins, ça servira de leçon à ses frères. En le voyant se balancer au bout d'une corde, ils y réfléchiront à deux fois avant de se fourrer dans des mauvais coups.

– Et puis, a ri Hackett, un Indien pendu, ça en fait un de moins à tuer…

– Et une bouche de moins à nourrir pour les citoyens américains, a renchéri Texas.

Tom a dû comprendre que le sort de Chico venait d'être scellé. Il a trempé son mouchoir dans l'eau verdâtre du vase aux fleurs fanées qui trônait sur le bureau et l'a passé sur le visage abîmé du Mojave. L'andouille a continué d'acquiescer, comme s'il n'avait pas pigé ce qui l'attendait.

On s'est tous retrouvés au saloon le soir même : Artie Hackett qui y avait table ouverte, Texas King et les six hommes qui allaient participer à la chasse le lendemain. J'avais confié Tom à Emily. Babonneau nous avait réservé l'arrière-salle, une remise aveugle close par une porte épaisse doublée d'un lourd rideau sombre. Bill Bailey, son homme à tout faire, que la nature, dans sa grande cruauté, avait doté d'une gueule de verrat édenté, en interdisait l'entrée aux intrus. Le tenancier du saloon réservait cette salle à ses hôtes de marque, entendez ceux qui, comme Hackett ou King, fermaient les yeux sur ses entorses à la loi et aux bonnes mœurs. Ces initiés pouvaient également pénétrer dans ce lieu secret par une porte dérobée qui donnait sur l'arrière-cour du saloon. Aux murs, recouverts d'un papier vert sombre qui se décollait par endroits, des trophées d'antilopes et de couguars voisinaient avec des dessins de femmes dénudées. Dans un coin trônait un vaste canapé rouge sang où les notables pouvaient peloter leurs jeunettes avant de les emmener à l'étage par une échelle de meunier. Nativity Holmes était de la fête. À la différence de sa collègue Beverly Carpentier, elle était aussi muette qu'une tombe. Je la suspectais de détenir les noms des coupables de bien des crimes, mais à chaque fois que je l'entreprenais, elle m'envoyait balader en m'expliquant que, pour assurer la pérennité de son fonds de commerce, sa discrétion comptait autant que ses fesses.

Nativity s'était mise en beauté pour la soirée. En beauté, façon de parler. Elle avait revêtu une robe pourpre qui peinait à contenir sa poitrine généreuse et sa panse débordante. Elle avait dissimulé ses mains de lavandière, son ancien métier, sous des gants de velours noir qui lui montaient jusqu'aux coudes, ce qui me paraissait incongru en cette saison. Comme la distinction n'était pas son point fort, elle avait enfilé une ribambelle de bagues, toutes aussi grotesques les unes que les autres, sur ses doigts gantés. Son parfum bon marché aux notes de rose et de jasmin avait perdu la bataille contre les effluves écœurants de ses aisselles qui rappelaient la pestilence des oignons rissolés dans de l'huile rance. La pute a passé la soirée à glousser chaque fois que Texas racontait avec force détails les derniers instants des hors-la-loi qu'il avait abattus. Tout y est passé : les pleurs, les râles et les soubresauts des mourants, leurs dernières prières et les adieux que Texas mettait un point d'honneur à ne pas rapporter aux familles. À chaque scène morbide, elle agitait son éventail mexicain comme elle avait dû voir des belles du Sud le faire lorsqu'elle tapinait à La Nouvelle-Orléans. En la regardant, je me suis dit que tout comme l'amour, l'envie de copuler rend les hommes aveugles. À en juger par les regards appuyés que lui lançaient les deux cadets de l'équipe, j'ai pensé que c'était particulièrement vrai pour les puceaux. Ces deux-là, les frères Albert et Ross Bass, belles gueules et bien bâtis, ne se seraient pas fait prier pour être initiés par cette truie que Texas King appelait avec déférence Mme Holmes.

Le marshal a péroré toute la soirée sans jamais manifester la moindre complicité à mon égard. Qu'il était loin le temps où il saluait ma bravoure et me traitait comme un frère ! À croire qu'il pensait vraiment les saloperies qu'il avait dites sur mon compte dans le bureau d'Hackett. Une fois de plus, je me suis rendu à l'évidence : mon soutien le plus sûr m'avait bel et bien lâché. J'étais partagé entre l'envie de l'ignorer et celle de l'empoigner par le col pour lui demander des comptes, mais j'avais trop peur de l'entendre confirmer qu'il me tenait pour un moins que rien. Autour de la table, hormis Hank Wendling, plus personne ne me prêtait attention, comme si l'épilogue de cette histoire devait s'écrire sans moi.

Je me sentais comme le malheureux sergent Paul Parker à la bataille de Shiloh[1], au début de la guerre civile. Un brave type, plus tout jeune, un brin porté sur la bouteille mais courageux et loyal. Son capitaine, un blanc-bec de Nouvelle-Angleterre frais émoulu de West Point, lui avait intimé l'ordre d'aller fracasser un barrage confédéré qui interdisait l'accès à un pont sur la Buffalo River. Le sergent avait eu beau lui expliquer que, faute d'artillerie, la tentative était vouée à l'échec, son supérieur n'avait rien voulu entendre. Il avait même menacé de le passer en cour martiale s'il refusait d'obtempérer. Parker et sa section avaient tout tenté, en vain. Constatant à la longue-vue que les hommes se faisaient hacher menu, le capitaine avait abandonné son sergent, refusant même de lui envoyer les renforts que le pauvre Parker, les tripes à l'air, lui réclamait, les mains en porte-voix. Le lendemain, interrogé par l'état-major, le capitaine avait expliqué que son sergent s'était lancé dans cette attaque contre son gré. Le pauvre n'était pas là pour lui donner la réplique. Il gisait dans un trou d'eau rougie par son sang, et pas un homme de sa

1. Également connue sous le nom de bataille de Pittsburgh Landing, la bataille de Shiloh, Tennessee (6 et 7 avril 1862) a fait plus de 3 000 morts.

section n'avait survécu. Mais la morale est sauve. Le capitaine a été tué quelques jours plus tard. Certains prétendent que la balle a été tirée par le frère de Parker, mais c'est peut-être une baliverne. « Ça pourrait bien t'arriver, sale traître », j'ai murmuré à Texas King qui venait de provoquer un grand éclat de rire en expliquant comment avec une seule balle il avait tué deux Indiens montés sur un même cheval.

J'ai sifflé deux godets du whisky écossais que Babonneau nous avait réservé. Une pure merveille. En le laissant descendre dans ma gorge, je voyais les torrents d'eau fraîche dévaler les monts des Highlands et des rayons de miel blond pleurer dans une coupelle. J'avoue n'être jamais allé en Écosse mais ce nectar dépeignait cette terre aussi bien qu'un poème de Robert Burns[1]. Ça me changeait du goût de caramel fumé de notre whiskey national dont les gosiers grossiers s'accommodent par ici.

Alors que John Babonneau venait de commencer la distribution de cigares de La Havane, Abner Drinkwater a déboulé en haletant. On n'a même pas eu le temps de les allumer. Mon aide tenait des McCulloch que le crotale et sa bande s'apprêtaient à partir pour les Matevilya dans l'espoir d'y récupérer la cassette de l'Anglais. En attendant, ils séjournaient dans le ranch Leyland, sur la route de Kingman. J'ai proposé que nous nous mettions en route sur-le-champ pour les cueillir à l'aube. La demi-lune guiderait nos pas le long de la piste. Ça paraissait frappé au coin du bon sens. Mais je me suis à nouveau fait ramasser par Texas King.

1. Pionnier du mouvement romantique, Robert Burns (1759-1796) a inspiré plusieurs générations de poètes écossais.

– On les prendra sur place, dans les Matevilya, si possible avec la cassette en main, ce sera plus facile encore de convaincre le juge Austin de les faire pendre, a dit le marshal sans se donner la peine de me regarder. On partira au point du jour, ça nous laissera le temps de faire un petit somme, a-t-il ajouté en décochant une œillade à Nativity Holmes qui a répondu par un gloussement de dinde.

Les autres ont opiné, me laissant plus seul encore. Abner était de mon avis, je l'ai bien vu à l'air penaud qu'il a pris quand la tablée a salué la proposition de Texas. Hank Wendling aussi, à en juger par la moue qu'il a faite.

Abner, Hank et moi le savions. En encerclant la maison de Leyland en pleine nuit avant de lancer l'assaut au lever du jour, on bénéficiait de l'effet de surprise. En les rejoignant en plein jour dans les montagnes, en revanche, on prenait le risque d'être aperçus à plusieurs milles de distance sur la piste qui mène de la Paline Vacía aux Matevilya.

On s'est donc donné rendez-vous le matin à l'aube. J'ai filé chez Emily Hanson. Au prétexte de prendre des nouvelles de Tom que je lui avais confié pour la soirée, j'avais bien l'intention d'étreindre ma douce, ce qui ne m'était pas arrivé depuis deux semaines. Elle m'a accueilli avec un grand sourire.

– Ce gosse est un ange. Il a réparé la chaise que les enfants hualapais avaient cassée, a huilé les gonds des portes qui couinaient – ce que, malgré mes demandes répétées, tu ne t'es jamais donné la peine de faire – et m'a débité du petit bois pour le four. Un ange, je te dis, Ocean.

Elle m'a pris par la main. J'ai pensé qu'elle me conduisait à la chambre, mais on s'est dirigés vers la buanderie. Tom y dormait sur un lit près de l'étagère où Emily rangeait ses conserves de fruits et de légumes. Un rayon de lune baignait son visage. On est restés un moment à le regarder. Parfois, sa bouche frémissait ou son poing se refermait.

– Tu crois qu'il revit en cauchemar ce qu'il a enduré dans les Matevylia ? m'a chuchoté Emily.

– Sans doute, j'ai dit. Ça le poursuivra jusqu'à la mort. – J'ai senti la main d'Emily me serrer l'avant-bras. – Mais peut-être fait-il défiler tous les moments cocasses que nous avons vécus ensemble, j'ai ajouté. Les nuits dans la geôle, l'interrogatoire à la mairie, la visite rendue à ces rustauds de McCulloch, la ménagerie de John Winterbottom ou les pitreries avec les petits Hualapais…

– Que va-t-il devenir quand toute cette histoire sera terminée ? Qui va prendre soin de lui ? a demandé Emily d'une voix inquiète.

– Chaque chose en son temps, j'ai fait avec le dernier brin d'autorité que Texas King n'avait pas encore dévasté. On s'en préoccupera quand nous aurons attrapé les assassins de l'Anglais.

– Penses-tu que je puisse l'adopter ? J'ai un toit, quelques rentes et beaucoup d'amour à donner. Et comme personne ne suspecte la nature de notre relation, j'ai la réputation d'avoir une moralité respectable et d'être une bonne chrétienne à Brewsterville. Le révérend Sheppard pourrait en témoigner. Je m'occuperais de Tom comme si c'était mon propre fils.

J'ai soufflé de lassitude en imaginant le merdier dans lequel je devrais me fourrer pour obtenir que la garde de Tom soit confiée à Emily. Mais je me suis vite ressaisi en devinant, à la lueur de la demi-lune, l'inflexion triste de ses sourcils. En refusant, je me fermais l'accès à son lit. Alors je me suis repris. Sans trop me forcer, tant sa proposition faisait sens.

– C'est une excellente idée, Emily, je lui ai murmuré à l'oreille. Je suis sûr qu'il serait heureux avec toi.

Elle s'est serrée un peu plus contre moi. Je l'ai prise par la taille et me suis mis à penser à une vie à trois. Emily, Tom et moi, sous le même toit, unissant nos cœurs pour mieux supporter la langueur de Brewsterville et la vacuité du désert alentour. Sans doute pensait-elle à la même chose, mais aucun de nous deux n'a osé briser le mur de pudeur qui emprisonnait notre rêve commun.

Sous mon bras qui l'enserrait, je sentais Emily respirer. Le parfum d'herbes sèches de ses cheveux noués en chignon inondait mes narines. J'ai eu très envie d'elle. Elle m'a pris par la main et m'a conduit à sa chambre. Quand elle m'a fait asseoir sur le lit, je n'en menais pas large. Je me demandais si, une fois allongé, Ocean serait aussi minable aux yeux d'Emily que le shérif Miller l'était pour Hackett et King qui m'avaient voué aux gémonies quelques heures plus tôt. Mes craintes ont été vite dissipées. Sitôt que nous nous sommes unis, je me suis senti fort comme jamais. Nous avons fait l'amour longtemps. Pour la première fois, elle qui expédiait volontiers l'affaire, me retenait en elle en appuyant ses mains sur mes fesses.

– Reste ! me suppliait-elle sans que je comprenne si elle souhaitait que je continue à l'étreindre, si elle m'invitait à passer la nuit chez elle ou si elle pensait déjà à la vie à trois dont elle n'avait pas osé parler quelques minutes plus tôt.

Alors, je suis resté. Dans son ventre d'abord. Chez elle jusqu'au matin ensuite. Tandis qu'elle s'endormait contre mon épaule nue, je repensais à notre étreinte, à la puissance que j'avais ressentie au moment d'exploser en elle. Comme un coup de feu tiré sur ces deux salauds de King et Hackett qui m'avaient fait passer pour un pauvre type.

11

À L'ASSAUT DE LA GROTTE

SUR L'IDÉE DE TEXAS KING, nous avons emmené Tom avec nous. Moi, j'étais contre. On ne s'encombre pas d'un gosse sur le théâtre d'une fusillade. D'abord parce qu'on ne sait jamais quelle tournure les événements peuvent prendre. Ensuite parce que, même si tout se passe comme on l'avait espéré, la vue des blessés et des morts peut les hanter à vie. Je revois encore ces pauvres gamins d'une famille de colons attaqués par des Navajos, loin à l'est de Brewsterville, il y a quelques années. Comme leurs parents, les trois gosses avaient le corps criblé de flèches et de balles. Leur mère avait pris soin de leur bander les yeux pour qu'ils ne voient pas la mort se propager autour d'eux avant de les atteindre.

Ça n'aurait tenu qu'à moi, Tom serait resté au calme chez Emily. Mais lorsque Texas m'a dit : « On prend le petit, on s'en servira comme d'un chien de chasse pour pister ces salopards », je n'ai pas eu le courage de m'opposer à lui. Une fois de plus, il m'aurait mis plus bas que terre. Et, dans ce registre, j'avais eu mon compte.

Emily m'a fait une scène lorsque j'ai tiré Tom de son lit alors qu'il faisait encore nuit noire. J'ai eu beau lui promettre que je me ferais tuer pour lui si, par malheur, notre expédition tournait mal, elle m'a traité de tous les noms d'oiseaux et a menacé de rompre. À contrecœur, j'ai été obligé de soutenir à Emily que le marshal n'avait pas tort de vouloir l'emmener. Le gosse pouvait nous guider droit vers la grotte où son père avait été tué et mis en pièces. « Sachant que ces montagnes comptent une vingtaine de cavités sur plusieurs milles de distance, Tom sera précieux pour nous. Peut-être qu'il nous permettra d'épargner les vies de nos gars », je lui ai expliqué. Mais selon elle, la vie du petit valait plus que toutes celles, la mienne comprise, des hommes qui se lançaient à la poursuite des meurtriers. Face à la furie d'Emily, je me sentais comme un levraut acculé dans son terrier par un blaireau affamé.

Pourtant, comme elle, je tremblais à l'idée que Tom prenne une balle perdue. Et je craignais aussi que son retour sur les lieux du meurtre ne lui fasse perdre la tête. Je l'ai emmené au bureau, lui ai servi un fond de godet de whiskey pour achever de le réveiller et lui donner du courage. Je lui ai remis un colt, celui à la crosse ébréchée, ai chargé le barillet et fourré une dizaine de balles dans la poche de son pantalon. Et je lui ai fait un vague crobar d'une grotte où des silhouettes étaient embusquées. J'ai fait mine de leur tirer dessus. Il m'a regardé d'un air perplexe. Pas sûr qu'il ait pigé.

Quand on s'est mis en route, le jour pointait. Texas King avait revêtu ce qu'il appelait sa tenue de chasse : un chapeau clair, un gilet de cuir gris perle, une chemise verte, un pantalon beige et des bottes fauves censés se confondre avec les teintes du désert. Une ineptie. Je savais, moi, que la couleur des habits ne suffirait pas à soustraire notre équipage à la vue des bandits. Pour peu que la grotte soit orientée vers l'adret, le crotale et ses sbires nous verraient arriver de loin sous le soleil levant à cause du nuage de poussière soulevé par les pas de nos chevaux.

Texas ouvrait la route avec Tom et moi à ses côtés. Il se donnait des airs d'officier de cavalerie en distribuant des signes de la main qu'aucun de nous ne comprenait. Les six hommes se tenaient derrière nous, à quelques pas de distance les uns des autres, la Winchester à répétition dressée sur la cuisse, prêts à faire feu. Abner Drinkwater, qui fermait la marche, n'avait de cesse de se retourner comme s'il craignait que le crotale et sa bande ne surgissent à nos trousses. Sacré Abner ! Je savais qu'au premier coup de feu, il prendrait la poudre d'escampette au nom de cette vieille maxime qu'il avait faite sienne : « Mieux vaut vivre en lâche que de mourir en héros. »

J'aurais volontiers flingué les vautours qui nous accompagnaient haut dans le ciel. Leur présence était de mauvais augure. Texas a lu dans mes pensées et m'a lancé avec dédain :

– Tu es vraiment un putain de perdant, Ocie. Si ces charognards nous suivent, c'est qu'ils savent, eux, qu'on va faire un carnage, un vrai carnage.

Tom semblait plutôt de mon avis. Il a froncé les sourcils et a visé les oiseaux avec son colt. Il m'a interrogé du regard pour savoir s'il pouvait tirer. Texas lui a répondu par une bordée d'injures et lui a jeté son trognon de pomme à la figure.

La chaîne des Matevylia découpait sa silhouette massive sur la plaine gris pâle tel un cadavre de monstre marin gisant sur le rivage d'une île oubliée. J'ai connu de belles montagnes, plus à l'est, couvertes de pins ou de chênes, ou parées du vert tendre de l'herbe rase en été et de la neige en hiver. Elles imposaient leur majesté sur les plaines qu'elles semblaient protéger de leur imposante stature. Mais ces montagnes Matevylia, égarées entre Brewsterville et Kingman, n'invitaient pas plus à la contemplation qu'à la curiosité. Pour avoir maintes fois parcouru leurs contreforts à la recherche de voleurs de bétail hualapais, je savais que rien, jamais, ne pouvait y surprendre le promeneur. Pas un torrent frayant sa route entre les rochers, pas un bouquet d'arbres augustes dispensant ombre et fraîcheur. Pas même un cerf ou une antilope pour justifier qu'on les visite. Rien que cette masse grise parcourue de failles et d'éboulis, figurant les rides et les cicatrices de l'endroit le plus sinistre d'Arizona. Tandis que nous approchions, j'ai pensé que, vraiment, je n'aimerais pas mourir ici. J'avais la prétention de mériter un meilleur linceul que cette morne plaine et ces tristes montagnes.

Quand Texas King a interrogé Tom d'un mouvement du menton pour savoir quelle direction prendre, le petit lui a fait signe de contourner la falaise qui se dressait face à nous. D'un geste de la main, il nous a invités à emprunter un défilé sur notre droite. « Ça se corse », je me suis dit. Bien vu. Le marshal s'y était à peine engagé qu'un premier coup de feu retentissait. On aurait dû se mettre à couvert derrière les rochers qui jonchaient la base de la falaise. Seulement Texas, à la différence d'Abner, avait comme credo : « Mieux vaut mourir en héros que de vivre en lâche. » Il a foncé à brides abattues dans le défilé, une main armée en l'air pour nous engager à le suivre. Le petit s'est couché le long de l'encolure de Princess. J'ai saisi une lueur d'effroi dans les yeux de mon ancienne monture. Je n'ai pas aimé. Je me suis retourné pour voir où était ce vieil Abner Drinkwater. Il trottait loin derrière quand nous galopions. Malgré le danger, je n'ai pas pu m'empêcher de sourire.

Quatre nouveaux coups de feu ont claqué. Leur écho sec se confondait avec le tintement des sabots sur les pierres de la piste. J'ai entendu Sam Warner hurler « *Kak!* », ce qui veut dire merde en yiddish. Ce fut, paix à son âme, son dernier mot. Le pauvre s'était pris une balle dans la poitrine. Il a oscillé sur le côté avant de chuter lourdement. Un nouveau tir lui a fracassé le crâne. Son connard de hongre n'a pas pris la peine de s'arrêter si bien que le fils de l'épicier a été traîné, un pied coincé dans l'étrier, sur près d'une demi-vergue. La tête de Sam sautait de pierre en pierre, en laissant échapper des gerbes de sang. Je me suis vite ressaisi, il fallait que je garde un œil sur Tom. J'imaginais qu'il n'en menait pas large. Erreur. Un grand sourire barrait son visage calé contre l'encolure de Princess. Il a ri quand mon chapeau traversé par une balle s'est envolé. Une autre balle m'a effleuré l'épaule. Impossible de répondre au tir, je ne savais pas dans quelle direction viser. La poussière soulevée par le cheval de Texas ne me permettait pas de distinguer d'où on nous ajustait. J'ai commencé à avoir peur. Pour le petit, pour moi, pour tous les gars engagés dans cette maudite affaire. Malgré ça, je me suis arrangé pour faire écran entre les tirs et mon protégé. Lui riait de plus belle en vidant le barillet de son colt au-dessus de ma tête. Nos hommes répliquaient en aveugle. Encore des coups de feu. Cette fois, c'est Albert Bass qui a été touché. En pleine poitrine, lui aussi. Ross, son frère, a arrêté son cheval et lui a porté secours.

J'ai fait les comptes. Sur les huit équipiers du départ, nous n'étions déjà plus que quatre, sans compter Tom : Texas King, Hank Wendling, Harvey Holland – un taiseux à bouche de canard, connu pour être capable de transpercer une pièce de vingt-cinq cents en plein ciel – et moi. Quatre à quatre, avec l'avantage du terrain pour nos adversaires, la partie était loin d'être gagnée. Texas a dû réaliser que sa chevauchée héroïque risquait de nous emmener directement en enfer. Il nous a fait stopper derrière un rocher aussi haut qu'une maison. On était à moins de deux cents pieds de la grotte, on pouvait en voir la bouche depuis laquelle les salauds nous arrosaient. J'ai sorti la Bardou et l'ai pointée dans la direction de nos ennemis. Dissimulé derrière l'épave d'un cabriolet noir, sans doute celui de l'homme-tronc, le crotale dirigeait les opérations. Les scorpions et le sanglier, dont on devinait les silhouettes, étaient embusqués dans des anfractuosités de la roche. Texas King a trouvé le moyen de m'engueuler parce que, selon lui, j'aurais dû savoir dans quelle grotte la bande du crotale avait trouvé refuge. Harvey Holland pleurait. De peur sans doute. Hank Wendling s'est signé et a murmuré : « Dieu, toi qui armes mon bras, fais que mon tir soit juste. » Je n'ai pas eu le temps d'en sourire qu'il appuyait sur la détente de sa Winchester et qu'un coup de feu claquait. Une masse sombre, le sanglier sans doute, s'est aussitôt effondrée et a dévalé la pente.

Le silence s'est fait. Un de ces silences plus lourds que tous les vacarmes de l'enfer. De ceux qui sentent plus encore la mort que les charognes éventrées. On est restés immobiles un moment, à éviter de croiser nos regards, sans doute de peur d'y lire l'angoisse ou la terreur. Le soleil était maintenant à son zénith. Il faisait plus de cent degrés Fahrenheit à l'ombre. Je ressentais ce qu'avaient dû éprouver tous ces pauvres types dont j'avais retrouvé les cadavres dans la fournaise du désert. J'avais l'impression de me dessécher comme une patate abandonnée sur la plaque d'un fourneau. Mes doigts boudinaient tant que je me suis demandé si je pourrais encore appuyer sur la gâchette. Quant à mes pauvres pieds, ils expiraient dans mes bottes soudain trop étroites. Plus une goutte de flotte dans nos gourdes et même pas une pomme à se mettre sous la dent. Le grand général Texas King avait pensé à tout, sauf à l'essentiel, à savoir les vivres sans lesquels on ne peut tenir un siège.

Harvey Holland calmait son estomac en mâchant fébrilement sa chique. J'ai vu qu'il pleurait encore. Ça m'a filé le bourdon. Tom, rouge comme une tomate, faisait mine de viser la grotte. Ses simagrées m'ont mis les nerfs en pelote. Je n'ai pas pu résister, je lui ai collé une tape dans la nuque. Hank Wendling, les yeux au ciel, deux billes bleues sur un ovale cramoisi, s'en remettait au Tout-Puissant. Harvey Holland chialait maintenant comme une madeleine en hoquetant le nom de Jane, sa dulcinée. Je lui ai filé ma flasque de whiskey pour qu'il se remette d'aplomb. En ôtant le bouchon, j'ai constaté que mes mains tremblaient. Tom m'a bourré les côtes de son poing fermé comme pour me dire : « Allez, vieux, remets-toi. » J'ai forcé un sourire et lui ai demandé de m'excuser de l'avoir à nouveau molesté. Je n'en menais pas large. Rôti par la chaleur, je bouillais aussi de trouille. Je craignais tant qu'il n'arrive malheur au petit que mes nerfs commençaient à lâcher. Je me suis vu rompre le combat et fuir avec Tom dans les bras sous les insultes de Texas King. Le marshal faisait feu sur moi et je m'effondrais dans la poussière en adressant un signe d'adieu au gosse. À cet instant, j'ai réalisé que sa vie comptait plus que la mienne. Que valait l'existence d'une vieille bique imbibée d'alcool face à celle de Tom, qui gonflait comme un bourgeon de rose au printemps ? Je pouvais bien crever ici, même dans les pires douleurs, pour peu que le petit soit sauf.

– Ils sont faits comme des rats. Aucune chance de s'en sortir, aucune, a dit Texas King en se donnant des airs de général tentant de mobiliser une piétaille ramollie sur un champ de bataille.

Hank, Harvey et moi, on s'est regardés incrédules. Comment pouvait-on espérer déloger les trois salopards depuis le dos de notre rocher cuit par le soleil, quand eux bénéficiaient du refuge de la grotte ? Je me suis retourné dans l'espoir d'apercevoir ce félon d'Abner et Ross Bass. Je voulais leur demander de nous rapporter de quoi nous désaltérer et nous sustenter, mais les deux avaient déjà filé avec le cadavre de Sam Warner et ce qui restait de vivant d'Albert.

J'ai décidé de piquer un somme dans la pointe d'ombre que le soleil avait bien voulu nous concéder.

Ce sont des cris qui m'ont réveillé. Le crotale et Texas s'échangeaient des politesses.

– Tu n'as aucune chance, fils de pute ! Choisis ta mort : une balle entre les deux yeux ou le cou rompu par la corde d'une potence ! hurlait Texas.

– Je vais t'attraper, te couper les couilles et te les faire bouffer, marshal de malheur !

– Viens les chercher, viens donc, petite bite !

– C'est pour cette nuit, alors fais ta prière, comme te l'a appris ta putain de mère !

C'est fou ce que le registre des insultes est pauvre par ici. Au regard des dégâts que nos échanges de tirs avaient provoqués, j'ai trouvé ces jets d'invectives aussi pitoyables qu'incongrus. On aurait dit deux jeunes coqs se défiant à coups de « cocorico ! », chacun à un bout du poulailler. Le chapeau dans le dos, son cordon sur le menton, une main armée sur le genou et l'autre en porte-voix, Texas King éructait ce qui lui restait de salive en damnant le crotale qui, en retour, persiflait son lot de menaces.

J'ai demandé au marshal de se calmer.

– On ferait mieux de lever le camp, Texas. La nuit va tomber. On pourrait leur tendre une embuscade sur la piste qui mène au Lone Tree Ranch, à trois milles d'ici. Le crotale finira bien par revenir chez lui.

Le regard de loup enragé que Texas m'a adressé m'a fait craindre le pire. Et ça n'a pas raté.

– Pas question ! il a grogné entre ses dents. On va tous les buter.

Sur ce, il a glissé le long du rocher et s'est immobilisé à découvert pour défier le crotale.

– Fils de pute, si tu vaux mieux que ta salope de mère qui s'est fait monter dessus par tout le comté, viens te battre en duel, viens donc !

Du Texas King tout craché. « Va au-devant du danger, ça ne lui laissera pas le temps de te surprendre », aimait-il répéter. C'était culotté.

Pas loin d'une heure s'est écoulée au cadran de ma Waltham sans que rien ne se passe. J'avais beau détester Texas depuis qu'il m'avait traîné dans la boue, j'admirais son courage et son audace. S'offrir sous un cagnard d'enfer à la mire d'un ennemi qu'on distingue à peine, quel cran ! Pour rien au monde je n'aurais pris sa place.

À chaque extrémité du rocher, Wendling et Holland se tenaient prêts à faire feu. Le premier causait maintenant avec Jésus-Christ, le second chialait toujours. Les mains sur les hanches et les jambes écartées, Texas King était aussi immobile que les rochers qui l'environnaient. Seule la sueur qui gouttait le long de ses tempes et inondait le dos de son gilet laissait penser qu'il était en train de fondre. J'ai imaginé que Tom aurait pu immortaliser cette silhouette en quelques coups de crayon. Alors je l'ai cherché des yeux. Et là, j'ai cru mourir ! Plus de Tom, ni à droite, ni à gauche, ni devant, ni derrière. Disparu, envolé ! J'en suis tombé sur les fesses et me suis mis à hoqueter comme cette andouille de Holland.

– Tom, mon petit homme, où es-tu ? j'ai demandé.

J'ai même levé les yeux au ciel comme s'il avait pu s'enfuir par les airs. J'étais transi de désespoir. Texas King a dû m'entendre mais il n'a même pas tourné la tête dans ma direction. Wendling et Holland, quant à eux, étaient trop concentrés sur leurs cibles invisibles pour s'inquiéter de la disparition de notre petit éclaireur. J'ai fouillé des yeux la moindre crevasse rosie par le couchant. Rien. Rien non plus derrière les bosquets de mesquite au loin, ni près du rocher où nous avions attaché les chevaux. Plus de Tom. Nulle part ! À cet instant, je vous l'assure, j'ai voulu mourir. Des larmes qui n'avaient plus coulé de mes yeux depuis mon adolescence ont roulé sur mes joues jusque dans mon cou. Et puis elles ont séché et je me suis mis à haleter tel un mourant. La tête me tournait, j'ai envié le rocher contre lequel je m'étais adossé.

– Chanceux que tu es de ne pas avoir de cœur pour souffrir l'enfer ! je lui ai chuchoté.

J'ai repensé à tout ce que j'avais partagé avec Tom, à son visage d'ange et à sa dégaine de chenapan. Dieu, que j'étais triste ! J'ai pensé avancer moi aussi vers la bouche de la grotte et vider ma Winchester afin de recevoir la balle qui me délivrerait.

C'est à cet instant qu'un coup de feu a déchiré le silence. Texas King s'est effondré, touché à la cuisse.

– Merde, la fémorale, je suis foutu ! il a gueulé.

Je n'avais jamais entendu ce mot-là mais, à en juger par la mare de sang qui grossissait sur son pantalon, j'ai compris qu'il parlait de cette artère qui délivre le sang dans la jambe.

– Non ! ont hurlé Wendling et Holland.

Moi, j'étais tellement troublé par la disparition de Tom que je n'ai pas trouvé la ressource pour m'apitoyer sur le sort de Texas. Pour ne pas être en reste, je lui ai quand même lancé :

– Tiens bon, ça va aller, marshal ! On va te sortir de là.

Les mains en anneau sur sa cuisse formant un garrot de fortune, il a forcé un sourire, les yeux mi-clos.

– Ocie, je te passe le commandement. Bonne chance à vous les gars. Tenez le siège et attendez les renforts, il a dit dans une grimace.

J'ai hoché la tête. Il m'a souri comme un révérend qui absout le pécheur et a lâché :

– Excuse-moi, Ocie, de t'avoir pris comme souffre-douleur ces derniers temps.

Il a relâché l'étreinte de ses mains sur sa cuisse, sa tentative pour retenir le sang en lui étant vaine. Il a vissé son regard vide dans le mien et a poursuivi :

– J'emmène avec moi le souvenir d'un shérif loyal et courageux. Dans la poche intérieure de la veste que j'ai laissée à l'hôtel Babonneau, tu trouveras l'adresse d'un bon artisan à Wichita, un dénommé Van Zandt. Envoie-lui un câble en lui promettant les cent dollars que j'ai planqués dans le double-fond de mon bureau. Surtout, dis-lui de me peigner, de me raser et de me revêtir de la redingote noire que j'ai laissée chez le Chinois. N'oublie pas de lui demander de me faire enterrer avec mon colt à crosse d'argent…

– Quelle coquette tu fais, j'ai marmonné en cherchant toujours Tom du regard.

Des éclats de rire en provenance de la grotte m'ont fait lever les yeux. C'était le crotale.

– Tu vois, shérif de merde, j'ai bien appris ma leçon, il a dit de sa voix de crécelle. Si tu ne peux pas atteindre la tête, vise les jambes ! Et ma prochaine balle est pour toi.

Je me foutais bien de mourir. J'avais mieux à faire, je devais remettre la main sur Tom. J'ai avisé deux éboulis derrière lesquels il aurait pu se planquer. Toujours rien.

Harvey Holland était agité de soubresauts tel un lapin auquel on vient de rompre le cou.

– Ocie, on ne peut quand même pas laisser le marshal crever comme un chien errant. Il faut le tirer de là, il a pleurniché.

J'ai fait non de la tête. Hank aussi.

– Vous n'êtes que des lâches ! il a couiné. Couvrez-moi, je vais le récupérer !

Je n'ai même pas eu le temps de lui dire que ça ne servirait à rien. La silhouette dégingandée de Holland avait déjà fondu sur Texas. Au moment où il lui agrippait les épaules pour le traîner vers nous, les salauds lui ont tiré dessus. Deux balles ont traversé sa poitrine, une troisième lui a perforé le crâne. Le malheureux est tombé raide mort sur Texas qui, lui, vivait encore. Le marshal étouffait sous la carcasse de Holland. Il gémissait tant et plus que j'ai bien failli me décider à y aller à mon tour.

Texas a fini par se taire et s'immobiliser. Je lui ai dit adieu dans un clignement d'yeux. J'étais triste, mais j'ai retenu un sourire en constatant le ridicule de la situation. Le nez du marshal émergeait d'entre les fesses de Holland et la tête ensanglantée de ce dernier reposait à la hauteur de l'entrejambe de Texas. Lui, si à cheval sur les apparences, n'aurait pas aimé se voir dans une posture aussi obscène au moment de quitter le monde des vivants. Hank a retiré son chapeau, s'est signé et a marmonné une prière tout en jetant des regards inquiets en direction de la grotte.

– On est vraiment mal barrés, shérif, il a murmuré en s'épongeant le front. Pour sûr, ils vont nous tomber dessus à la nuit. C'est la spécialité des scorpions. C'est pour ça qu'on leur a donné ce nom. Ils piquent sans qu'on les voie venir.

Je me suis tourné vers la plaine dans l'espoir d'y apercevoir un groupe de cavaliers venant à notre rescousse. Rien. Et toujours pas de Tom.

– Vous êtes faits, a sifflé le crotale depuis la bouche noire de la grotte. Vous n'avez aucune chance. Mais on vous laisse le choix : une balle entre les deux yeux ou un coup de couteau dans le ventre. Alors ?

– Alors, va te faire foutre ! je lui ai dit. Et j'ai tiré deux coups de feu dans sa direction pour l'assurer de notre détermination.

Hank a sorti son Bowie et l'a aiguisé avec application contre ses bottes dans la perspective du corps-à-corps que nous redoutions.

– On va pas s'enfuir, hein, shérif? On va leur vendre chèrement notre peau ?

J'ai vu à ses yeux que mon compagnon ne pensait pas ce qu'il disait. Il attendait sans doute que je lui dise qu'on décamperait en douce une fois la nuit tombée. Mais je n'avais aucune intention de filer. Moins par esprit de sacrifice que parce que Tom manquait toujours à l'appel.

Le ciel s'empourprait derrière la montagne et la lumière déclinait doucement. J'ai pensé que je vivais mon dernier jour sur terre. J'ai regardé les fourmis qui couraient en file indienne à mes pieds, leur ai souhaité de me survivre longtemps. En guise d'adieu, je leur ai offert les miettes de pain ramollies par la sueur qui croupissaient au fond de mes poches. J'ai salué le vol de corbeaux qui zébrait l'horizon, les ai priés, sans trop y croire, de bien vouloir épargner ma dépouille. Hank a récité plusieurs fois « Je vous salue Marie » avec une voix d'outre-tombe. Puis il a imploré le Seigneur de lui pardonner ses écarts de conduite et de lui faire une place, même une petite, au paradis. Moi, mourir ne m'effrayait pas. Mais j'étais terrifié de ne pas savoir où était passé mon Tom. S'il était en vie, qu'allait-il advenir de lui une fois que les salopards nous auraient réglé notre affaire ? Attendrait-il les secours blotti dans le creux d'une faille ? Parviendrait-il à s'enfuir ?

– Alors, shérif, une balle dans le crâne ou un coup de couteau dans le bide ? a repris le crotale.

C'est à ce moment que deux coups de feu ont claqué. Un frisson de mort a couru le long de mon dos à la vitesse que mettaient les falaises à renvoyer l'écho. J'ai bien failli m'évanouir quand Hank a hurlé :

– Le petit ! C'est le petit !

Ma Bardou vissée dans son orbite, il observait un gros rocher gris qui faisait face à l'entrée de la grotte.

– C'est le petit, shérif, le petit !

– Quoi, le petit ? Ils l'ont eu ? j'ai demandé d'une voix blanche.

– Non, c'est lui qui a eu deux gars, m'a dit Hank en me tendant la longue-vue d'une main tremblante.

Je n'en revenais pas. Accroupi derrière un rocher, bien caché à la vue des assiégés, le bras tendu prolongé par le vieux colt que je lui avais confié, Tom venait de faire feu à deux reprises. Et avec succès. Comment avait-il bien pu parvenir à gagner son repaire sans être aperçu ? Et où avait-il appris à tirer pour être capable de faire mouche coup sur coup ?

– Il les a eus, il les a eus ! exultait Hank en pointant du doigt une masse qui roulait le long de l'éboulis et une autre agenouillée, une main sur le bas-ventre. Les deux scorpions ! Merci, mon Dieu, merci d'avoir entendu mes prières !

– Laisse Dieu en dehors de ça ! j'ai grogné en donnant un coup d'épaule à Hank. Ce gosse vient de nous sauver la vie. C'est à lui que tu devras dire merci.

Le crotale a vidé son barillet en direction du rocher derrière lequel Tom était dissimulé. C'est le moment que j'ai choisi pour donner l'assaut. Mais l'émotion, la chaleur, la faim et la soif s'étaient liguées contre moi pour me couper les jambes. J'ai chancelé et poursuivi ma route à quatre pattes. Hank a pris les devants. Quand il a été à moins de cent pieds de la grotte, le crotale s'est tourné vers lui. Il a fait feu deux fois et l'a manqué. Une balle a ricoché à deux pouces de ma tête et m'a projeté des éclats de pierre dans les yeux. Hank s'est couché et a tiré deux coups avec sa Winchester. L'autre a répliqué. Toujours sans réussir à l'atteindre. C'est à ce moment que Tom, qui avait dû recharger le barillet de son colt, a tiré de nouveau. Quatre coups de feu, un râle et un choc mat : le crotale était hors d'état de nuire ! J'ai retrouvé mes jambes de vingt ans et couru avec Hank jusqu'au cabriolet noir affaissé devant l'entrée de la cavité. Le petit nous y a rejoints, les bras au ciel, un sourire de vainqueur sur le visage. Hank et moi, on s'est regardés, penauds. On pensait la même chose : deux des meilleures gâchettes du comté de Cannon s'étaient fait damer le pion par un gamin qui avait eu le cran, lui, d'aller au-devant des ennemis au péril de sa vie.

– Il nous donne une belle leçon de courage et d'adresse. Ça va faire mauvais genre quand on va raconter ça en ville. On va nous prendre pour des manchots et ça ne sera pas faux, a maugréé l'aîné des Wendling.

– On ne le racontera pas, j'ai répondu dans un sourire complice. Et parce que Tom est muet comme une carpe, personne n'en saura rien. Ton honneur et le mien seront saufs.

Hank a eu l'air rassuré. Il a mis sa main sur mon épaule.

Un nouveau coup de feu nous a fait sursauter. Tom venait de loger une balle entre les deux yeux d'un des scorpions. Bien que salement touché au bas-ventre, le salaud avait trouvé la force d'allonger son bras armé en notre direction. Tom nous avait à nouveau sauvé la vie. Ça commençait à faire beaucoup.

– Tu vas voir que d'ici peu, il va te demander de lui épingler ton étoile sur le cœur, a ricané Hank.

Ça ne m'a pas fait rire.

Tous les trois, on s'est approchés du crotale. Il se tortillait de douleur comme un serpent à sonnette à qui l'on vient d'écraser la tête avec une pierre. Une balle dans le bras droit, une autre dans l'épaule et une troisième dans l'abdomen, Aaron Leyland était dans un sale état. Il avait les yeux grands ouverts mais fuyait nos regards.

– On doit pouvoir le ramener vivant à Brewsterville, j'ai dit à Hank qui époussetait sa chemise avec la lame de son Bowie.

Tom s'était planté à côté de nous, les jambes écartées, le colt pointé en direction du crotale.

– Si on pouvait le remettre sur pied afin de le faire pendre…, m'a répondu Hank d'un ton songeur. En mémoire de Texas, Harvey, Sam et peut-être Albert s'il n'a pas survécu, j'aimerais tellement voir son corps de serpent venimeux se balancer au bout d'une corde.

– Pas sûr qu'il tienne le coup. Vu son état, il doit déjà entendre les anges gazouiller. Mais on peut toujours essayer, j'ai répondu. Le problème, s'il parle, c'est qu'il nous fera passer pour deux imbéciles. Pour moi, ce n'est pas trop grave, vu la mauvaise publicité que me fait Hackett. Mais pour toi, ça pourrait être plus emmerdant. S'il te prenait l'envie de devenir shérif à ma suite, tes adversaires ne manqueraient pas d'en faire des gorges chaudes.

Hank a haussé les épaules. J'ai allumé une pipe. On a échangé un sourire gêné.

C'est à ce moment que Tom a bondi vers nous. On aurait dit un fauve furieux fondant sur sa proie. Dans la bousculade, je suis tombé à genoux. Il s'est jeté sur Hank qui s'est retrouvé les quatre fers en l'air. Il lui a arraché le poignard qu'il portait à la ceinture et, sans que je puisse m'interposer, il l'a planté dans le cœur du crotale avant de se frotter les mains comme un chasseur qui vient de sacrifier une antilope.

Hank et moi, on s'est redressés avant de retomber à genoux, les mains sur les oreilles. Comme si on ne voulait plus rien avoir à faire avec cette histoire qu'on ne comprenait pas, qu'on ne comprenait plus. Notre seule proie encore vive, le gamin l'expédiait en enfer !

Tom n'avait que faire de notre détresse. Il dansait de joie autour du cadavre comme un Indien implorant la pluie.

Je ressentais une furieuse envie de m'enfiler tout le whiskey que j'aurais pu avaler. Je rêvais d'un tonneau plein à ras bord d'un vieux bourbon. Tom, qui avait le chic pour lire dans mes pensées, a arraché la gourde qui pendait à la ceinture d'un des scorpions et me l'a lancée. J'ai arraché le bouchon avec les dents. Mal m'en a pris. Il était couvert de sang. J'en ai été quitte pour me farcir cet horrible goût de fer et d'ail que plusieurs gorgées n'ont pas suffi à dissiper. Mais l'alcool, lui, m'a fait un bien fou. Il a gonflé ma poitrine et m'a remis la tête à l'endroit.

Pendant qu'Hank ficelait les cadavres sur les chevaux, en écartant à coups de chapeau les mouches qui s'agglutinaient sur les plaies, Tom et moi, on est partis inspecter la grotte. J'avais dans l'idée qu'on pourrait mettre la main sur cette satanée cassette. À sa démarche décidée, j'ai compris qu'il avait la même intention que moi. Il a allumé une torche laissée là par le crotale et m'a conduit tout droit vers l'entrée d'un boyau dans lequel je n'ai pas voulu me glisser. Trop vieux, trop large et trop saoul pour tenter ce genre d'acrobaties. Je l'ai regardé s'éloigner jusqu'à ce que les ténèbres l'avalent. Je l'ai attendu un bon moment. Suffisamment longtemps pour avoir peur que, cette fois, il ne réapparaisse pas. Plongé dans le noir, j'étais saisi de toutes sortes de frayeurs comme un gosse que son père aurait planté là. J'imaginais des iguanes géants avaler mon bonhomme, un volcan en furie le réduire en poussière. Je tremblais comme un faon. « Sacré Tom, j'ai dit à haute voix, la gorge nouée. Qu'as-tu fait à mon vieux cœur pour que ton absence me soit aussi insupportable ? » Un peu plus et je me mettais à chialer. Je me suis ressaisi en me rappelant le clin d'œil rassurant qu'il m'avait décoché avant de disparaître.

J'ai eu le temps de repenser au drame qu'il avait vécu ici une dizaine de jours plus tôt. C'est toujours plus facile de laisser aller son imagination dans le noir d'une grotte. Il n'y a aucune couleur, aucun bruit, pas même un souffle d'air pour vous distraire. J'ai vu l'Anglais affolé à la vue des cavaliers fondant sur lui et le gosse. Je l'ai vu faire signe à Tom de prendre la cassette trouvée le matin même et d'aller se cacher. J'ai vu l'Anglais ajuster Alfredo, le compagnon de Chico le Mojave, et l'abattre. J'ai vu Dudek et le sanglier démembrer l'homme dans l'espoir de faire sortir le petit de sa cachette. J'ai vu Tom, recroquevillé dans son trou comme un lapereau, serrant le trésor contre son cœur. J'ai vu les scorpions jeter les bras, la tête et les jambes de l'Anglais dans la bouche de la grotte. J'ai entendu le crotale siffler de colère et perçu le fracas des coups de hache sur le beau cabriolet noir. J'ai vu Tom abandonner la cassette dans une anfractuosité de son boyau et courir jusqu'à la sortie, une fois la bande partie. Je l'ai vu les mains sur les yeux ne sachant si la scène qu'il découvrait relevait de la réalité ou d'une hallucination. Je l'ai vu, enfin, passer les cordes en harnais sous les aisselles du macchabée et entamer sa longue marche dans la Paline Vacía.

Puis je me suis aperçu chevauchant Princess le matin où je l'ai rencontré. C'est à ce moment qu'il a réapparu. Une main brandissant la torche, l'autre agrippant un coffret. Un vieux coffret en bois sombre avec des charnières en cuir à moitié bouffées et un fermoir branlant qui ne tenait plus que par un clou. Une main sur le couvercle, comme s'il avait peur qu'un mauvais esprit puisse s'échapper de la cassette, Tom a attendu qu'on soit sortis de la grotte pour me laisser découvrir le trésor. Je pensais en prendre plein les yeux. Dieu que j'ai été déçu lorsqu'il a ouvert la boîte sous le halo de la torche dans la nuit naissante ! Il y avait bien une demi-douzaine de bracelets en or grossièrement ouvragés et un sautoir large comme la paume de ma main, sur lequel un joaillier à moitié aveugle ou totalement saoul avait tenté de dessiner un soleil et ses rayons avec un poinçon éméché. J'ai aussi soupesé une vingtaine de pépites dont la plus grosse n'atteignait même pas la taille du pouce de Tom.

Hank nous a rejoints. Il a essuyé ses mains pleines de sang et a inspecté le contenu du coffret avec la circonspection d'un expert.

– Ni mojave ni hualapai, il a dit. Sans doute que ceux qui ont échangé ça avec les Espingouins l'avaient pris à des tribus du Sud ou du Mexique. Peut-être même l'avaient-ils reçu des Blancs en échange des esclaves qu'ils leur livraient pour exploiter les mines d'argent de l'État de Sonora. Au rythme où les Indiens crevaient là-dedans, les patrons devaient les remplacer souvent. Et ils payaient cher les pauvres types que les Mojaves et les Hualapais leur fourguaient après les avoir raflés par ici.

Sur l'histoire des Indiens, Hank en connaissait un rayon. Depuis qu'il faisait le guide pour les richards californiens, il avait collecté toutes sortes d'informations sur leurs mœurs, coutumes et légendes. C'était pas toujours joli-joli, n'en déplaise aux bonnes âmes de la côte Est qui pleurnichent dès qu'un assassin peau-rouge se fait pendre. D'après Hank, avant que les Blancs ne jettent leur dévolu sur cette contrée, les tribus s'y livraient une guerre sans merci.

– Et pourquoi l'avoir donné aux marchands espagnols ? j'ai demandé.

– Contre quelques couvertures, une batterie de couteaux et des casseroles, ça leur semblait être un bon marché. Même qu'ils ont dû se marrer comme des oies en se disant qu'ils avaient roulé les Blancs. Et les Espingoins, eux, ils ont dû se mordre les joues pour ne pas éclater de rire en pensant à la facilité avec laquelle ils avaient couillonné les sauvages en échangeant de la quincaille contre de l'or.

Hank a plongé la main dans le coffret. Il en a longuement soupesé le contenu et a soumis les pépites à la flamme de la torche. Je retenais mon souffle dans l'attente du verdict. Tom, lui, écarquillait les yeux. J'ai cru qu'il était gagné par la fièvre de l'or, mais comme il a enchaîné des bâillements à s'en décrocher la mâchoire, j'en ai déduit que c'était sa manière à lui de lutter contre la fatigue qui le gagnait.

– Ça peut faire dans les deux mille dollars chez Barush Epstein, le négociant de Kingman, a laissé tomber Hank d'un ton assuré.

– Tu es sûr ? j'ai demandé, étonné.

– N'oublie pas qu'il arrive à mon père de fondre de l'or à la forge. J'ai une petite idée de ce que ça peut rapporter. Et puis les vieilleries, là, a-t-il ajouté en tapant de l'index sur le sautoir et les bracelets, je connais une palanquée de Californiens pleins aux as qui seraient heureux d'en placer un dans la vitrine de leur fumoir. Pour moi, ça ne vaut que son poids d'or mais pour eux, ça peut valoir cinq fois le prix.

Tom a fait oui de la tête, comme s'il avait compris les explications d'Hank Wendling.

– Au moins mille dollars chacun, on a gagné notre journée, Ocie.

J'ai refusé. Et j'ai craché à ses pieds pour qu'il comprenne bien que cette répartition du magot ne me convenait pas. Je me suis raclé la gorge et, en vissant mes yeux dans les siens, je lui ai dit :

– Pas question, Hank, on divise en trois. La moitié pour Tom, un quart pour nous. Sans le petit, on n'aurait rien trouvé. Sans lui, on ne serait peut-être même plus de ce monde.

Hank s'est renfrogné.

– Sans ce satané gosse et son macchabée de malheur, on n'aurait pas perdu le marshal, Sam Warner, Albert Bass et Harvey Holland, il a dit. Et qu'est-ce que tu veux que ce mioche fasse de cette somme ? Acheter des toupies et de la guimauve chez Warner et boire des gallons de limonade chez Babonneau ? Huit cents dollars pour toi et moi, deux cents pour lui.

J'ai secoué la tête :

– La moitié pour lui, l'autre partagée entre nous deux.

Je ne sais pas si Tom comprenait qu'Hank tentait de lui cravater sa part, toujours est-il qu'il lui a décoché un drôle de regard. Hank a baissé les yeux, a enfoncé son chapeau sur son nez. Il a cherché à se donner une contenance en essuyant ses bottes tachées de sang contre les jambes de son pantalon. J'ai forcé un sourire. Forcé, parce que l'attitude d'Hank que je tenais jusqu'ici pour un chic type me décevait. Je ne comprenais pas qu'un jeune homme si brave et si pieux puisse se montrer aussi vénal.

– Huit cents pour toi et moi, quatre cents pour lui, il a encore tenté d'une voix faible.

À court d'arguments, j'ai eu l'idée de lui servir une phrase de l'épître de saint Paul à Timothée, que ma sœur m'avait fait recopier une dizaine de fois à partir d'une Bible que lui avait offerte un révérend qui en pinçait pour elle. Je m'en souvenais au mot près : « Ceux qui veulent s'enrichir tombent dans la tentation, dans le piège, et dans beaucoup de désirs insensés et pernicieux qui plongent les hommes dans la ruine et la perdition »… Hank a retiré son chapeau et a fermé les yeux. « Touché », je me suis dit. Alors, j'ai continué. « Car l'amour de l'argent est la racine de tous les maux ; et quelques-uns, en étant possédés, se sont égarés loin de la foi, et se sont jetés eux-mêmes dans bien des tourments. » Mon compagnon m'a demandé pardon et s'est signé. C'est tout juste s'il n'a pas dit : « Amen. » Il a gratifié Tom d'un large sourire et lui a murmuré : « Que chacun donne comme il l'a résolu en son cœur, sans tristesse ni contrainte ; car Dieu aime celui qui donne avec joie. » Je lui ai donné une tape sur l'épaule et me suis dit que la religion, ça pouvait quand même avoir du bon.

12

Alexandra

On s'est mis en route sous la lune haute pour arriver à l'aube à Brewsterville. J'espérais qu'on y ferait une entrée triomphale, moi devant, Hank dix pas derrière guidant les chevaux chargés des cadavres, et Tom fermant la marche. Avec un peu de chance, les commères seraient de sortie. Une main sur la bouche, elles nous regarderaient passer et répercuteraient l'écho de notre exploit à la vitesse d'un coup de fusil. Toute la ville bruisserait de la nouvelle : aidé par le bel Hank Wendling, le shérif Miller avait eu la peau des assassins de l'Anglais. Dieu sait qu'il lui avait fallu être courageux et adroit pour avoir le dessus sur Aaron Leyland et sa bande. Artie Hackett viendrait se confondre en excuses et me remettrait la médaille de citoyen d'honneur de Brewsterville, une belle galette fondue dans de l'argent puisé dans nos collines.

Mais ça s'annonçait mal. Abner, qui était venu à notre rencontre au point du jour, était retourné en ville au galop et avait, à ma demande, informé le maire de la mort de Texas King. Puis il était revenu vers nous alors que nous approchions de Brewsterville.

– Fais gaffe, l'est furieux contre toi, il a marmonné, l'air penaud. Il dit que quatre gars sont morts parce que tu es un incapable.

Je n'ai rien répondu à mon vieux pote à qui j'en voulais encore d'avoir fui au premier coup de feu. Je lui ai fait signe de déguerpir. À notre arrivée, la ville était déserte. La faute au vent violent qui s'était levé. Il balayait l'avenue en soulevant des volutes de sable et de poussière. Les chevaux baissaient la tête et Hank tenait son chapeau de peur qu'il ne s'envole. Des virevoltants filaient sur la chaussée et longeaient les baraques avant d'arrêter leur course contre les piliers des auvents. Les commerçants s'étaient claquemurés. Sur la porte du magasin des Warner, un écriteau portait la mention « fermé pour décès ». Seul Artie Hackett était bien là. Bras croisés devant mon bureau, le chapeau sur le nez, il m'attendait de pied ferme, indifférent à la grêle de sable qui giflait ses joues. Il a ouvert grand sa sale gueule de bouledogue et a grogné :

– Va falloir nous expliquer ce carnage que vous n'avez pas été foutu d'empêcher, shérif de malheur! J'ai câblé la nouvelle de la mort de Texas King à Prescott. Ils nous envoient l'adjoint du marshal pour tirer tout ça au clair. Le gouverneur Frémont est furieux contre vous. M'étonnerait pas qu'il vous démette. Ce que je n'empêcherai pas, bien entendu.

J'ai ignoré les remontrances d'Hackett et demandé des nouvelles de Ross Bass.

– Occupé à creuser les tombes pour les malheureux morts par votre faute, a dit le maire.

Jake Warner et sa femme me sont tombés dessus. J'ai eu droit à tout : cris, pleurs, menaces. Le père Bass est venu me demander des comptes sur la mort de son fils Albert. Et, dans le petit groupe planté devant mon office, le col remonté jusqu'au menton pour se protéger des piqûres du sable, pas un regard amène ni un mot de réconfort.

– Mais pour l'amour du ciel, que s'est-il passé dans les Matevilya, shérif Miller ? a demandé une femme.

Je n'ai pas dit un mot, laissant Hank se lancer dans son laïus. Le fils du forgeron n'a épargné aucun détail : les imprudences de Texas King, les réserves que j'avais exprimées quant à la méthode choisie pour affronter Aaron Leyland et sa bande, le nombre de coups de feu tirés, les blessures infligées aux ennemis. Il a en revanche passé sous silence le rôle joué par Tom. Comme je hochais la tête pour ponctuer chacune de ses phrases, il a dû penser que j'acquiesçais. Alors, il en a rajouté sur la bravoure dont j'avais fait preuve et son adresse au tir.

– Ça s'est vraiment passé comme ça, Hank ? Texas a vraiment été aussi imprudent ? Et vous en avez vraiment tué deux chacun ? a demandé Hackett, intrigué.

– Oui, a assuré mon compagnon en regardant en l'air comme s'il implorait le pardon de Dieu pour le gros mensonge qu'il venait de commettre. Deux chacun, tout en gardant un œil sur le petit qui est resté avec nous pendant tout le siège.

– Pour sûr, j'ai fait à mon tour.

J'ai laissé Hank répondre aux questions du maire et me suis tourné vers Tom qui se tenait près de moi. J'ai été surpris par son regard. Il dégageait une sérénité et une assurance que je ne lui connaissais pas. Mes yeux lui ont avoué qu'après avoir partagé cette aventure, les liens qui m'unissaient à lui s'en trouvaient plus forts encore. Il m'a donné la main, j'ai refermé la mienne sur la sienne et nous avons continué à faire face au groupe qui s'était étoffé de quelques nouveaux venus. En dépit du masque contrit qu'ils arboraient tous, je savais qu'ils n'avaient d'oreilles que pour les détails morbides que leur livrait Hank : le râle d'un des deux scorpions touché au bas-ventre, l'agonie d'Aaron Leyland à laquelle il a prétendu avoir mis un terme en lui plantant son Bowie dans le cœur.

Les badauds feignaient la compassion quand il leur narrait la mort héroïque de Texas King et ponctuaient de « bien fait! » les souffrances endurées par les quatre salauds. Tom était muré dans son silence mystérieux, moi dans ma détestation de ce bled pourri et des cloportes qui l'habitaient. J'aurais voulu fuir. Je nous imaginais, le petit et moi, abandonnant Brewsterville pour gagner le Missouri ou l'Iowa, ou je ne sais quel État dont la couleur majeure n'est pas le gris du désert mais la débauche de verts des forêts et des plaines. Au moment de monter à cheval, je m'entendais leur dire : « Vous n'êtes que des minables. Vous n'avez ni cervelle ni cœur! Je vous hais tous, vous et votre désert pareil à votre vie! »

Comme je venais de vider une pinte de whiskey, j'avais la tête tourneboulée. Pour ne pas chanceler, je tentais de me concentrer sur le spectacle des virevoltants que le vent s'amusait à animer. Certains bondissaient en zigzag, d'autres filaient droit puis s'arrêtaient net au milieu de l'avenue. On aurait dit des mineurs en goguette, un jour de paie. Plusieurs s'étaient amassés devant le saloon Babonneau. Je me suis dit qu'ils s'y étaient donné rendez-vous pour y boire un coup. Une des boules de créosote plus hardie que les autres s'était empalée sur la rambarde qui servait à attacher les chevaux devant l'hôtel de ville. Je me suis mordu la langue pour ne pas éclater de rire. Ça aurait aggravé mon cas. C'est une question d'Artie Hackett qui m'a tiré de ma rêverie :

– Et le trésor, qu'en avez-vous fait? Il va falloir me le donner. Je m'en servirai pour indemniser les familles Warner, Bass et

Holland. En plus d'être un poivrot, faudrait pas que le shérif Miller soit un voleur, il a grincé. Ce serait un comble de la part de celui qui est censé incarner la loi par ici ! Mon petit Hank, dis-nous donc où est le magot que vous avez récupéré.

J'ai été envahi par un trouble aussi intense que soudain. Mes mains se sont mises à trembler et des gouttes de sueur ont coulé le long de mes tempes. Le petit l'a senti. Il a serré ma main très fort comme pour m'inviter à me ressaisir. Même s'il ne comprenait rien aux questions suspicieuses d'Hackett, il sentait que j'étais sur le point de défaillir. Non seulement je me faisais insulter en public mais j'allais aussi perdre les quelques centaines de dollars que je pensais récupérer. Un pécule qui aurait été le bienvenu à quelques jours de ma révocation annoncée par le maire.

C'est Hank qui a répondu par une jolie pirouette :

– Le trésor ? Quel trésor ? Souvenez-vous de l'Évangile selon saint Matthieu : « Là où est votre trésor, là aussi sera votre cœur. »

J'ai regardé mon petit trésor et lui ai souri. Il m'a répondu par un clin d'œil. Les autres ont hoché la tête avec componction comme si Hank parlait d'or.

Hackett a tapé du poing sur le pilier de l'auvent et a répété sa question. À nouveau, j'ai laissé mon compagnon répondre :

– On a cherché partout avec le gamin. Rien. Pas de magot. Des petits malins ont dû mettre la main dessus avant l'arrivée de la bande à Aaron, il a dit.

Je fixais Hank de peur de croiser le regard du maire. Dans mon état, je n'aurais pu le soutenir.

Soudain, le vent s'est arrêté, laissant les boules de créosote là où il les avait poussées. C'est à cet instant qu'elle est arrivée par la diligence de Kingman qui dessert Brewsterville deux fois par semaine. Elle n'a pas attendu que le cocher installe le marchepied pour descendre. C'était une belle femme à la silhouette élancée. Sous son chapeau mauve à large bord piqué de plumes blanches et bleues, ses cheveux clairs étaient retenus sur sa nuque dans un épais chignon. Elle portait un boléro indigo sur une robe pourpre et chaussait des bottines blanches. Pas le genre de toilettes qu'on voit à Brewsterville. Sans un mot, tout le groupe s'est retourné sur elle, comme des tournesols vers le soleil. Les hommes se sont décoiffés et les femmes ont penché la tête avec le peu de grâce qu'il leur restait. J'ai regardé Hackett et Hank. Les yeux fixés sur l'étrangère, ils se demandaient comme moi qui elle pouvait être. J'ai même entendu le maire murmurer : « Mais qu'est-ce que cette dinde vient foutre par ici ? »

L'élégante a fendu le groupe et s'est dirigée droit sur moi après avoir avisé mon étoile :

– Shérif Miller, je présume ? m'a-t-elle dit en me fixant de ses yeux verts. – Son accent anglais de la haute société était insupportable. – Je suis Alexandra Westmorland, veuve du comte George Westmorland et belle-mère du petit Thomas Latymer Westmorland que je viens chercher.

J'ai refermé ma bouche qui béait et écouté la suite :

– J'ai appris le funeste calvaire qu'a subi mon défunt époux. Par la volonté de celui-ci, je suis la légataire de son fils unique. Il me revient de gérer les biens de Thomas jusqu'à sa majorité. J'apprécierais que vous me le trouviez vite.

Les Matevylia me seraient tombées dessus que je n'aurais pas été plus anéanti. Mon Tom, que j'imaginais vivre à mes côtés, allait donc me quitter. Le soleil pouvait bien s'éteindre puisque le mien disparaissait. J'ai reculé de quelques pas pour m'adosser au mur. Alexandra Westmorland s'est avancée vers moi pour me faire comprendre qu'elle était pressée de récupérer le gosse. J'avais l'impression d'être un Indien seul, blessé et désarmé, faisant face à une charge de cavalerie.

J'ai dû dire « oui, bien sûr » ou quelque chose du genre, car Hackett a opiné, approuvant mon attitude. Il avait mis les mains en visière comme s'il cherchait quelque chose au loin. J'ai compris que Tom nous avait refait le coup : il avait disparu sans qu'on s'en aperçoive.

– Vous m'avez bien compris, shérif Miller ? a demandé la femme d'un ton cassant, subodorant que sa demande me gonflait le cœur et m'asséchait la tête.

Je l'ai priée d'entrer dans mon bureau et j'ai refermé la porte derrière moi afin de dissuader Hackett et ses sbires de se joindre à nous. Je l'ai fait asseoir non sur le banc devant mon bureau mais sur mon fauteuil. En lui tendant un verre d'eau, je me suis aperçu que ma main tremblait comme une feuille. Ça ne lui a pas échappé. Elle a eu un sourire narquois et a refusé le verre, sans doute parce que le contenant et le contenu rivalisaient d'opacité.

– Quelle affreuse contrée que la vôtre, shérif. Sauf à être sans âme et sans esprit, je me demande comment un être humain peut vivre par ici. Je n'ai jamais compris la fascination qu'exerçaient sur mon époux les déserts et leurs secrets.

Je ne pouvais lui donner tort mais je me suis bien gardé d'acquiescer. Assis face à elle, je l'écoutais sans mot dire. J'ai commencé à bourrer une pipe.

– Pas de tabac en ma présence, je vous prie. Cela gâte les poumons et chahute la tête. Et où est Thomas ? elle a demandé en pianotant de ses longs doigts sur mon bureau crasseux.

– Pas bien loin, j'ai fait. On est parti à sa recherche.

J'ai soudain réalisé que Tom avait dû décamper quand il l'avait vue surgir. La craignait-il ? Avait-il décidé de rester vivre à Brewsterville en compagnie du vieil Ocean Miller ? Je me suis mis en tête de gagner du temps. Je voulais permettre au gamin de trouver une planque sûre, loin d'ici. Un garçon de chez Warner a ouvert la porte, portant un plateau d'étain sur lequel ruisselait une bouteille d'eau fraîche et un verre propre. D'un coup de menton, elle m'a fait signe de le lui porter, comme elle l'aurait fait avec les laquais qu'elle devait avoir en nombre à son service dans son manoir de San Francisco. Je l'ai fait parler. De son défunt mari et de Tom. Elle s'est épanchée sans retenue. Descendant d'une vieille lignée de lords du royaume d'Angleterre, George Westmorland s'était établi à San Francisco où il possédait une grosse affaire de transport maritime. Il avait fait fortune dans l'acheminement de travailleurs chinois à destination de l'Amérique. Il les refilait aux grandes compagnies qui les emploient par milliers dans la construction des lignes de chemin de fer. Il était également propriétaire de plusieurs élevages dans les territoires du Wyoming, du Nevada et du Dakota du Sud. C'est là qu'il s'était pris de passion pour les tribus indiennes. C'est un sang-mêlé moitié mojave, moitié irlandais qui lui avait parlé d'un trésor caché dans les Matevylia par des négociants de Monterrey que les sauvages avaient tués il y a bien longtemps.

Alexandra Westmorland, née Barnes, était originaire d'une ville de l'ouest de l'Angleterre dont je n'ai pas retenu le nom. Son père était clerc dans une famille de nobliaux dont le patriarche s'était battu contre les Américains en lutte pour leur indépendance. À la mort de Mme Westmorland, disparue en couches à la naissance du petit, elle était entrée comme gouvernante au service de George, et avait fini par l'épouser. Alexandra avait renoncé à éduquer le gamin sourd et muet de naissance. C'est pourquoi son mari l'emmenait avec lui dans ses expéditions parmi les Indiens.

À la manière dont elle parlait de Tom, j'ai vite compris qu'elle ne l'aimait pas beaucoup.

– J'ai souvent espéré que George revienne seul de ses voyages chez les Peaux-Rouges. Je suis sûr que Thomas aurait été plus à son aise parmi eux que dans la bonne société de San Francisco. C'est insupportable un enfant qui ne vous entend pas et qui ne répond pas à vos questions. J'ai plus d'échanges avec mes bichons, a-t-elle ajouté dans un sourire sardonique, en me tendant son verre pour que je la resserve.

– Il a l'air de se plaire ici, vous savez? j'ai dit d'une voix timide.

– Cela ne m'étonne guère. Thomas ne se sent bien que dans les endroits perdus. Mais il faut absolument que je le récupère puisque je dois assurer, jusqu'à sa majorité, la gestion de la totalité des biens que son père lui a légués. J'ai déjà trouvé une gouvernante qui fera l'affaire jusqu'à ce qu'il soit en âge de vivre sa vie d'homme.

J'en avais assez d'Alexandra Westmorland. Sa condescendance m'insupportait. Je me suis levé en lui assurant qu'on allait retrouver Thomas. Elle a pris ses cliques et ses claques et est sortie entre les deux rangées de peigne-culs de Brewsterville qui se sont à nouveau décoiffés sur son passage. Elle s'est dirigée vers l'hôtel

Babonneau où elle avait fait réserver deux chambres, une pour elle, l'autre pour Wang, son valet chinois. Elle s'est retournée vers moi et m'a lancé :

– Je ne resterai pas plus d'une nuit dans ce lieu maudit. Faites en sorte de retrouver Tom dès ce soir ou demain matin au plus tard, shérif Miller. Ce bon Wang devra le récurer et l'apprêter pour son retour à la civilisation. Et trouvez-moi aussi un brave qui puisse nous conduire à Kingman dans des conditions décentes.

Le valet faisait de son mieux pour maîtriser les deux bichons qu'il tenait en laisse. À en juger par l'application avec laquelle les deux clébards honoraient de quelques gouttes de pisse chacun des piliers des auvents qui bordaient l'avenue principale, ils semblaient, eux, trouver beaucoup de ressources à ce trou paumé.

Épuisé par la longue journée et mon face-à-face avec Alexandra Westmorland, je me suis laissé retomber dans mon fauteuil et me suis endormi aussitôt.

C'est un claquement de porte qui m'a réveillé en pleine nuit. J'ai craqué une allumette, allumé la lampe à pétrole et, une main sur mon colt, j'ai avisé la silhouette sombre qui s'avançait vers moi. Tom ! Tom était planté devant moi et me tendait trois feuilles de papier. Sur la première, il s'était représenté recroquevillé dans ce qui semblait être un placard. Sur la seconde, on le voyait torse nu, se tenant les côtes sous des arbres décharnés par l'hiver. Sur la troisième, il était à genoux, le nez contre un mur, tandis qu'Alexandra s'attaquait à une assiette débordant de nourriture.

Il ne m'en a pas fallu plus pour comprendre. Je me suis levé et l'ai serré très fort dans mes bras. Lui, il hoquetait et moi, j'avais la gorge serrée. Alors je lui ai fait serment de ne jamais l'abandonner.

– Je vais te cacher pour la nuit. Je lui dirai qu'on t'a cherché dans toute la ville, en vain. Elle repartira et tu resteras avec moi, ici, à Brewsterville. Et on ira faire de grandes virées dans le désert. On chassera l'antilope dans les canyons et on dessinera des nuits entières, tu veux ?

Je l'ai senti hocher la tête contre ma poitrine. Mon cœur s'est échauffé. On est restés longtemps serrés l'un contre l'autre, ses bras autour de mon torse, mon nez dans ses cheveux. Je l'ai installé sur une couverture dans le cagibi de la réserve et suis retourné à mon fauteuil pour reprendre ma nuit là où je l'avais laissée. J'ai eu du mal à m'endormir. Je pensais aux sornettes que j'allais devoir servir à Mme Westmorland pour lui expliquer qu'on n'avait pas réussi à mettre la main sur Tom. Je préparais aussi mes réponses à ses remontrances indignées et aux insultes blessantes dont Artie Hackett allait m'agonir.

C'est un cauchemar terrifiant qui m'a réveillé alors que le jour pointait à travers les trous du rideau mité. Tom et moi cheminions dans la Paline Vacía quand un grand oiseau aux plumes bleues et au plastron pourpre arrachait mon bonhomme de son cheval pour l'emmener vers San Francisco. J'avais beau hurler et même tirer quelques coups de feu, rien n'y faisait. L'oiseau s'éloignait avec Tom qui se débattait entre ses serres.

– Il suffit ! Vous perdez votre temps, shérif Miller, m'a lancé la bête avec la voix d'Alexandra Westmorland. Je vous avais bien dit que je devais récupérer Thomas Latymer. Rentrez donc chez vous et buvez à notre santé !

La nouvelle pinte de whiskey que j'ai vidée cul sec m'a aidé à éteindre l'incendie qui me dévastait. Abner a débarqué à ce moment-là.

– Ocean, j'ai deux nouvelles pour toi. Une bonne et une mauvaise, il a dit.

J'ai tout de suite pensé à Tom et sursauté si violemment que j'ai bien failli tomber de mon fauteuil.

– La bonne, c'est qu'Artie a fait une attaque, hier soir, a poursuivi Abner. Le Dr Berwyn est à son chevet. Je l'ai croisé alors qu'il allait prendre un peu de repos. Il pense que le maire n'en a plus pour très longtemps. Devrait pas passer la journée.

– Bonne nouvelle, en effet, j'ai répondu en repensant à toutes les humiliations que le maire m'avait fait endurer depuis qu'il s'était mis en tête de faire sauter mon étoile.

J'ai à peine eu le temps d'esquisser un sourire qu'Abner poursuivait déjà :

– La mauvaise, Ocean, c'est que te voilà à nouveau avec une sale affaire sur les bras. On a retrouvé la bourgeoise en chapeau à plumes égorgée dans sa chambre chez Babonneau. C'est lui qui m'envoie te chercher. Bois un bon coup parce que c'est pas joli-joli à voir.

– Et le petit ? j'ai demandé.

– Quoi, le petit ? Personne ne sait où il se planque. M'est avis qu'il n'a aucune envie de s'en retourner à San Francisco. Il se cache sans doute.

J'ai fait signe à Abner de me suivre dans la remise et j'ai ouvert la porte du cagibi. Tom y dormait comme un nouveau-né. J'ai demandé à Abner de le veiller au cas où il se réveillerait.

Les quelques dizaines d'enjambées qui séparaient mon bureau de l'hôtel Babonneau m'ont laissé le temps de réfléchir. Puisque Tom était l'enfant unique d'un père mort et que sa belle-mère venait d'expirer, qu'allait-il advenir de lui ? Pourrait-il rester à mes côtés ? Des messieurs coiffés de melons et vêtus de costumes noirs viendraient-ils le chercher à leur tour pour mettre la main sur sa fortune ? J'étais bien embarrassé. Les lumières d'un avocat m'auraient été utiles mais il n'y en avait plus à Brewsterville. Le dernier, un dénommé Jefferson Mitchum, avait plié boutique en apprenant que la compagnie de chemin de fer ne ferait pas escale par chez nous.

– Pas de voie ferrée, pas de business, pas de business, pas de litiges, pas de litiges, pas de dollars pour Mitchum, m'avait dit ce petit barbichu au nez de traviole. Je pars pour Clinton où la Southwestern Pacific a eu la bonne idée de construire une gare, il avait annoncé en débarrassant son bureau.

Je me suis promis d'aller le trouver d'ici quelques jours pour lui demander de m'éclairer.

C'est Wang, le laquais chinois, qui m'a ouvert la chambre d'Alexandra Westmorland, un éventail à la main. Sitôt la porte refermée, il l'a agité pour chasser les grappes de mouches qui faisaient festin dans la plaie béante de la gorge de sa patronne. John Babonneau se tenait derrière moi, un mouchoir sur la bouche. J'ai avisé la scène et j'ai sorti mon calepin pour prendre des notes. Le tavernier m'a soufflé à l'oreille :

– Shérif, si on pouvait garder ça entre nous, ça préserverait la réputation de mon établissement...

J'ai fait celui qui n'entendait pas.

– Shérif, une bouteille par semaine de mon meilleur whiskey contre votre discrétion.

J'ai continué à prendre des notes comme si je n'avais rien entendu. Mais je me disais que le marché proposé par Babonneau avait du bon. Passer sous silence les conditions dans lesquelles Mme Westmorland avait été zigouillée m'épargnait de nouveaux emmerdements et me permettrait de boire sans entamer ma solde de shérif.

– Une bouteille par semaine, et même plus si vous voulez, a insisté Babonneau.

Sans rien laisser paraître, je gambergeais sérieusement. Quel intérêt avais-je à rapporter les conditions de ce crime atroce? Après la découverte de l'homme sans tête et l'extermination de la bande du crotale, Brewsterville allait passer pour un endroit malfamé et ma réputation passablement entamée à Prescott allait encore en prendre un coup, ce qui m'exposerait un peu plus au risque de me faire démettre par le gouverneur.

– Deux bouteilles par semaine, ça m'ira, j'ai murmuré.

Les yeux de Babonneau ont souri.

– Et le Chinois? j'ai demandé.

– J'en fais mon affaire, a répondu Babonneau dans un clin d'œil en étranglant son mouchoir entre ses mains.

Je me suis approché du cadavre d'Alexandra Westmorland. L'égorgeur était un professionnel. Un gars qui n'en était pas à son coup d'essai. La plaie rectiligne formait comme une deuxième bouche sur toute la largeur du cou. Un flot d'hémoglobine avait imbibé le traversin dont il s'était servi pour étouffer les cris. La tête-de-lit était maculée de sang et le sommier gouttait dans la bassine que Babonneau avait installée en attendant mon arrivée. Les mains de la femme agrippaient le drap si fort que les jointures de ses doigts étaient blanches comme neige. J'ai levé les yeux vers la tête-de-lit. Un jet rouge avait souillé la reproduction de la reddition d'Appomattox. La tête de Grant avait disparu sous une tache ronde et les bottes de Lee baignaient dans une mare vermeille.

J'ai regardé Wang. Son petit corps tremblait et il pleurait comme une fontaine. Il me montrait la fenêtre entrouverte dont le rideau voletait.

– Oui, il a dû passer par là en grimpant au pilier de l'auvent, j'ai fait.

Je me suis retourné vers Babonneau en fronçant les sourcils.

– Non, ce n'est pas le chinetoque, m'a soufflé l'hôtelier. C'est lui qui m'a prévenu. Il aurait du sang sur sa tenue.

J'ai avisé le laquais qui portait le même déguisement qu'à son arrivée. Et j'ai vu dans ses yeux que la mort de sa maîtresse l'anéantissait. « Pas lui », je me suis dit.

J'avais beau ne pas porter Alexandra dans mon cœur, j'étais peiné pour elle. Aussi détestable qu'elle m'était apparue, elle ne méritait pas de mourir saignée comme une truie dans un hôtel borgne à Brewsterville. Nativity Holmes et Beverly Carpentier ont rappliqué et ont commencé à caqueter dans le couloir, Babonneau leur a claqué la porte au nez.

– Je veux bien garder ça pour moi et raconter qu'elle est morte du même mal que celui qui a frappé ce bon Artie, j'ai soupiré. Mais deux attaques fatales en quelques heures, ça va faire louche… Et si on renvoie le corps à San Francisco, le coroner jettera un coup d'œil dans le cercueil. Pour moi, ce sera la fin des haricots.

Babonneau m'a tendu un verre de whiskey plein à ras bord et s'est assis sur le lit. Il s'est aussitôt relevé en sursaut avec une moue de dégoût, le cul de son pantalon clair noirci par le sang qui avait trempé le matelas.

Tout en griffonnant les détails de la scène, je me suis mis en tête de jouer avec les nerfs de cette saloperie de Babonneau.

– Deux bouteilles par semaine pour de tels risques, c'est pas cher payé, j'ai dit.

– Deux bouteilles de Kentucky par semaine, plus deux cents dollars. Mais en sus, tu me débarrasses du corps, il a fait en tendant la main pour que je la tope.

J'ai pris mon temps pour lui répondre. J'ai fait le tour du lit, me suis planté devant un petit miroir rond et me suis regardé un moment à la lueur flageolante de la lampe à pétrole. Dieu que j'avais l'air minable avec mon visage fripé, mes yeux cernés, mes mèches de cheveux filasses collées sur le front et ma barbe d'une semaine. « Avec une telle allure, ne t'étonne pas qu'on veuille acheter ton silence contre du whiskey et quelques dizaines de dollars, j'ai pensé. Va falloir te ressaisir, mon pauvre Ocean, sans quoi on t'enlèvera ton étoile et tu finiras ta vie comme un pochard sans le sou. » J'ai serré les poings et j'ai empli ma poitrine de tout l'air qu'elle pouvait contenir.

– Garde tes dollars et ton whiskey, Babonneau, j'ai répondu en fusillant le tavernier du regard. On n'achète pas le shérif Ocean Miller. Même pas avec des dizaines de tonneaux du meilleur bourbon. Je suis prêt à affronter tous les emmerdements : les reporters de San Francisco qui vont me tomber sur le poil, le harcèlement des limiers que le gouverneur Frémont va m'envoyer et tout le tintouin…

– Mais…, a bredouillé Babonneau derrière son mouchoir.

– Je ferai un rapport circonstancié à Prescott, je lui ai dit en exhibant mon carnet sur lequel j'avais noirci quatre pages d'annotations.

À ce moment, Wang m'a mis sous le nez le coffret à bijoux en laque sang-de-bœuf.

– Ils ont tout pris, il a pleurniché avec son drôle d'accent.

Puis il a ouvert et retourné la bourse en peau de crocodile pour me faire comprendre que son contenu avait, lui aussi, disparu.

– Et on a même le mobile, j'ai ricané : un meurtre pour détrousser cette pauvre Mme Westmorland qui a eu le malheur de descendre dans le bouge malfamé de M. Babonneau. Aucun voyageur ne voudra plus venir chez toi de peur de s'y faire égorger. Tu m'en vois désolé.

Babonneau s'est essuyé les yeux.

– Une bouteille par jour et cinq cents dollars, il a murmuré.

J'ai mis un doigt sur ma bouche et lui ai porté le coup de grâce :

– Compte sur moi pour faire savoir à tout Brewsterville que tu as même tenté de corrompre le représentant de la loi.

Tout en continuant à prendre des notes, je pensais à Tom. Il devait être blotti dans sa cachette à rêver d'une galopade dans le désert avec son vieux camarade étoilé. Comment réagirait-il lorsque je lui ferais comprendre que sa belle-mère était morte ? Peut-être qu'il éprouverait du soulagement. « On a gagné un sursis de quelques semaines, mon petit bonhomme. Et on va les vivre à fond comme le font deux êtres qui savent que la vie va bientôt les séparer », je lui dirais. Je nous ai vus filant le long du

Río Perdido aux trousses d'un coyote. Je nous ai imaginés roulés dans nos couvertures, à dialoguer en silence, chacun avec son étoile. Je nous ai vus échanger un sourire en partageant un café autour d'un feu mourant au pied des Matevylia tandis que le soleil émergeait de l'horizon. J'ai souri de bonheur.

Je me suis penché sur le cadavre d'Alexandra Westmorland et j'ai entrepris de remonter la manche de sa chemise de nuit. Ce que j'ai découvert m'a stupéfié. À mi-bras, elle portait une cicatrice rectiligne. Comme aucune goutte de sang ne s'en était écoulé, j'en ai déduit que le meurtrier lui avait infligé ce coup après sa mort. L'autre bras portait le même stigmate. J'ai frissonné d'épouvante. Par égard pour la défunte, j'ai fait signe à Babonneau et Wang de se retourner, et j'ai découvert ses cuisses. Nouvel effroi. Toutes deux portaient un trait bien net au-dessus des genoux. J'ai descendu d'un trait le second verre que me proposait Babonneau dans l'espoir de retrouver mes esprits.

– Alors ? a demandé le tavernier d'une voix tremblante.

– Alors, fous le camp ! j'ai aboyé.

Babonneau s'est carapaté sans demander son reste avec Wang sur ses talons.

J'ai immédiatement pensé à l'homme-tronc. La tête d'Alexandra Westmorland ne tenait plus que par les vertèbres ; les bras et les jambes étaient marqués à l'endroit précis où les membres de son mari avaient été découpés… Après l'avoir égorgée, le meurtrier s'était clairement préparé à la démembrer pour lui faire subir la même profanation que celle endurée par ce pauvre George Westmorland.

Allez savoir pourquoi, moi qui ai vu tant d'horreurs tout au long de ma vie de shérif, je n'ai pu m'empêcher de dégobiller dans le seau d'aisance qui trônait sur la coiffeuse. Jamais vomi comme ça. Les spasmes qui contractaient mon ventre étaient si puissants, j'ai bien cru que mes yeux allaient sortir de leurs orbites et que ma cervelle allait s'échapper par les oreilles.

Penché sur le récipient en faïence, je me suis entendu gémir entre deux hoquets :

– Tom ! Tom ! Tom ! Pourquoi as-tu fait ça ?

Je l'ai revu chez McCulloch égorgeant et dépeçant un mouton avec la dextérité d'un boucher aguerri. Dans l'onde rouge qui baignait mes yeux, sa silhouette est apparue devant l'entrée de la grotte. Un Bowie à la main, il se jetait sur George Westmorland et le découpait comme une miche de pain. Et si le crotale et sa bande n'étaient pour rien dans le supplice de l'Anglais ? Et si c'était Tom, frappé de folie, qui avait mis son père en pièces et s'apprêtait à en faire de même avec sa belle-mère avant d'être dérangé par Wang ?

Je me suis traîné jusqu'au fauteuil en velours vert. Je m'y suis effondré et j'ai secoué ma pauvre caboche.

– Accuser des pires crimes l'être qui t'est le plus cher… Vraiment, tu déprailles ! j'ai soufflé à voix haute. Tu as besoin de sommeil, mon pauvre Ocean. De beaucoup de sommeil, d'un bain bien frais et d'une bonne pinte de whiskey pour te remettre les idées en place.

Achevé d'imprimer
sur Roto-Page
par l'Imprimerie Floch
à Mayenne, en juillet 2013.
Dépôt légal : juillet 2013.
Numéro d'imprimeur : 85093.

Imprimé en France